KB135607

라인강의 푸른 날개

라인강의 푸른 날개

최균희 단편소설

작가의 말

평생을 교육과 문학, 두 수레바퀴를 굴리며 살아왔다. 참 많은 사람들과 만나고 헤어졌다.

가족이라는 이름으로 뭉치고 헤어진 부모님과 오빠들. 지금도 나의 건강과 안위를 걱정하는 남편과 아들들. 그리고 두 며느리와 손자들. 영원히 잊지 못할 인연이다.

수없이 스치고 지나간 친구들과 제자들, 선후배들, 직장과 소속 단체에서 얽히고설킨 동료와 문우들. 널따란 우주의 한 모퉁이에서 희로애락을 함께한 그들과의 이야기가 모두 소설이다.

동화작가로 출발하여 동심을 잃지 않고 살아가려 노력했다. 순진하고 때묻지 않은 삶, 누구에게도 폐를 끼치지 않고 배려와 사랑으로 여유 있게 즐기며 살아가고 싶었다.

그런데 어느 날부터인가 내가 소설을 쓰고 있었다. 그래서 뒤늦게 박사과정에서 소설을 전공하게 되었다. 하지만 4년간 많은 자료와 연구에 몰두하며 써낸 장편소설을 세상에 내놓기 전에 문제가 생겼다. 지도교수는 보다 대중적이고 막장을 좋아하는 현대판 독자들의 눈높이에 맞추라 했다. 연구논문도 모두 통과하고 소설책 한 권을 첨부하면 되는 막바지 문턱에서 나는 학위를 포기했다. 나만의 자존감을 지키려 했다면 변명이라 웃을 일이다.

장편소설『평양기생학교 스캔들』을 낸 이후에 단편소설을 묶기까지 참 많이 망설였다. 여기저기 흩어져 있는 작품들 중, 분량이 비슷하고 나름대로 표현기법을 달리한 소설 여섯 편을 모았다.

작품을 구상하고 표현하는 일이 그리 쉬운 일은 아니다. 하지만 항상 나를 채찍질하며 새로운 도전을 꿈꾸는 버릇은 끝내 못 고칠 병이다. 앞으로 달리다보면 평탄한 길도 있고 낭떠러지도 있겠지만 그래도 나는 달릴 것이다.

내 어설픈 작품들을 끝까지 읽어주신 정종명, 이상문 선생님과 책을 펴내주신 신아출판사 서정환 회장님께 고개 숙여 감사드린다.

추천의 말

최균희 작가는 1975년 조선일보 신춘문예에 동화가 당선된 이래, 주옥같은 동화집 30여 권을 펴냈다, 그는 동화 창작에 머물지 않고 소설까지 쓴다. 나는 진작부터 그의 소설에 주목했고, 즐겨 읽어 왔다. 특히 2017년에 펴낸 장편소설 『평양기생학교 스캔들』에서 작가적 역량과 재능을 역력히 감지했다. 이번에는 각종 문예지에 발표한 단편소설들을 묶어 소설집을 낸다.

작가의 소설은 형식과 내용이 매우 다양하다. 역사 소설, 서간체 소설, 심리 소설, 사물화 소설, 추리 소설, 옴니버스 소설 등 다양한 기법을 동원하여 청소년에서부터 성인에 이르기까지 독자층을 최대한 넓혔다.

표제작인 「라인강의 푸른 날개」는 우리 민족의 역사가 담긴 파독 여성의 고달픈 삶과 사랑 이야기를 사실적이면서도 환상적인 세계로 이끌어간다. 「K병원 8동」은 간결한 문체와 조직적인 서사가 뛰어나며, 인물의 심리묘사를 절묘하게 그려낸 「폭염 특보」는 가독성이 높은 단편소설로 손꼽힌다. 동화의 씨줄과 소설의 날줄로 새긴 작가적 품격과 문학적 향기가 특히 매력적인 소설집이다.

— 정종명〈소설가·계간문예 발행인〉

추천의 말

최균희 소설집의 특징은 무엇보다도 섬세하면서도 박진감 넘치는 서사가 돋보인다는 점이다. 그의 소설에는 '나쁜 남자' 들과 '좋은 여자' 들이 적나라하게 제시돼 있다. 서사는 확연히 다른데도 결코 서로 다른 나쁜 남자들이라거나 다른 좋은 여자들인 것도 아니다. 당연히 주위의 동성들이 그렇고 보면 남자들 스스로가 나쁜 줄도 모르고, 여자들은 자신이 좋은 사람이라는 것을 모를 수밖에 없다.

남자들은 경제적인 무능력자이거나 주정뱅이에 더한 가장이라 해도 당연하다 행동한다. 여자들은 제 권리가 없는 것처럼 밀려드는 공동 부담을 혼자서 감당한다.

작가의 눈은 그런 사실을 냉정히 적발해 고발한다.

이번 소설집 작품 중 3편에는 지난 60년대에서 80년대의 불합리한 여성들의 삶이 생생하면서도 질펀하게 담겨있다. 반면에 「호랑가시나무와 티티새」, 「댄스 동아리 ODE」, 「자유비행의 꿈」은 현 사회의 모순과 이기심 많은 어른들에게 경종을 울리며, 청소년들이 자신의 꿈을 제대로 펼칠 수 있는 사회를 요구한다. 굳이 어느 작품을 앞세울 것 없이 이 소설집의 모든 작품들은 다 수작이다.

– 이상문〈소설가·국제펜한국본부 고문〉

차 례

라인강의 푸른 날개
역사 소설

라인강의 푸른 날개

간호보조원

며칠 동안 단식투쟁을 했다. 방 안에서 꼼짝하지 않았다. 대학교에 응시도 못해 보고 미리 포기한 것이 억울했다. 연년생인 남동생 둘, 그 아래로 아직 어린 여동생까지 줄을 잇고 있으니 어쩔 수 없다. 하지만 문득 화가 불쑥 치밀어 오르면 참을 수가 없었다. 부모가 기거하는 안방 마루를 쿵쿵 굴려대며 시위도 해

봤고, 할머니 할아버지에게 매달려 애걸복걸도 해봤다. 그러나 아무런 소용이 없었다. 아궁이 앞에서 가마솥을 부지깽이로 탕탕 쳐대며 고래고래 고함을 질러도 식구들은 전혀 반응을 보이지 않았다. 호랑이처럼 엄한 아버지도 그런 딸을 슬슬 피해 지나쳤다. 그래서 이젠 골방에 처박혀 식구들의 얼굴을 아예 외면할 생각이었다.

"재희야, 언니한테서 전화 왔다. 어서 와 받아라."

그래도 어머니는 항상 부드러운 목소리로 불렀다. 고등학교만 졸업하고 상경한 언니는 운 좋게도 보사부에 취직하여 경리사무를 보고 있었다.

그렇게 대학교에 다니고 싶으면, 스스로 돈을 벌어 다닐 수 있는 길을 택하라는 충고였다. 요사이 간호보조원을 뽑는 곳이 많으니, 일단 그 길을 택했다가 다시 진로를 바꿔도 좋을 것이라 했다.

다음 날 곧바로 군산으로 달려가 군산에 있는 개정간호학교 안에 설치된 애드너스 과정을 신청했다. 애드너스 과정은 1년 동안 국비로 다닐 수 있으며, 수료하면 곧바로 간호보조원으로서의 자격을 갖추고, 보건소에 나가 근무할 수 있었다. 또 6개월 의무기간을 마치고 나면, 다른 시립병원이나 개인 병원으로 취직도 가능했기 때문에 매우 유리한 조건이었다.

수료식을 마치고 군산시 주변의 작은 면소재지 보건소로 발령을 받았다. 나이가 지긋한 보건소장은 매우 친절했으나 피로에 지친 간호사 언니는 좀 쌀쌀맞았다. 그래도 1년 먼저 들어온 애드너스 출신 선배인 미스 김이 있어서 든든했다.

보건소는 첫날 근무부터 몰려오는 사람들이 만만치 않았다. 감기 때문에 들렀다는 사람들은 대부분은 이미 결핵을 앓고 있는 환자들이었다. 기침을 하고, 가래를 뱉어내고, 심지어는 피를 토하는 환자들. 그들은 이제 한참 일할 중년의 어른들이었다. 그런가 하면 급성 폐렴에 금방 숨이 넘어가기 직전의 어린애를 안고 달려오는 아주머니들도 적지 않았다.

'가난한 살림에 왜 저렇게 애들은 많이 낳아가지고 고생일까?'

남의 말이 아니었다. 재희네 가족만 해도 조부모에 아버지 어머니, 시집간 언니까지 열 명이 넘는 식구가 한 집에서 살았으니 말이다.

"반드시 식후에 약을 복용하세요! 그렇지 않으면 위가 나빠져요."

재희가 약봉지를 한아름 안겨주며 말하자 머리에 흰 수건을 두른 아주머니는 질질 내려오는 치맛자락을 추켜올리며 대답했다.

"아이고, 어찌 하루에 세 끼를 다 챙겨 먹남? 점심은 고구마로 때우니께 그것 먹고 나서 약 먹어도 되제?"

"네, 그러세요. 약 다 먹고 나면 또 오세요!"

재희는 누구보다 친절하게 마을 어른들을 대했다.

아침 일찍부터 소변 검사, 빈혈 검사, 혈압 체크, 어린이와 노인들의 예방 접종 등 정신없이 돌아가는 의료 서비스가 끝나고 나면, 오후에는 퇴근 시간과 무관하게 마을과 마을을 찾아다녔다. 이장과 부녀회장을 만나고, 4H구락부 청년회장을 만났다. 그리고 저녁 시간에는 이장네 마당에 모인 동네 사람들에게 설교 아닌 설교를 했다.

“결핵처럼 무서운 병은 없습니다. 예방이 중요합니다. 일을 하고 나면 반드시 몸을 씻고 환경을 깨끗하게 해야 합니다. 옷도 꼭 빨아 입으시고, 집 주변의 하수구 청소와 소독도 철저히 해야 합니다.”

결핵 퇴치 운동 다음으로 시급한 것이 산아제한을 위한 모자 보건 운동이었다.

“아들 딸 구별 말고, 적게 낳고 잘 가르쳐, 훌륭하게 키워야 합니다.”

그렇지만 한쪽에서 나누어 준 피임 기구를 다른 한쪽에서 풍선처럼 부풀려 놀고 있는 아이들을 누가 나무랄 수 있을까? 먹을 것도 부족하지만 장난감도 보기 드문 마을이었다.

"'산 입에 거미줄 치랴!' 하는 속담도 안 있는가베. 지 밥줄은 지가 가지고 태어나는 법이여. 그나마 자식들이 재산이고 울타린데 더 못 낳게 하는 법은 어디 법인겨?"

캠페인을 벌이는 간호사들을 무색하게 하는 아주머니들은 금방 바쁘다고 해산해 버렸다. 모든 걸 무료로 제공하는 보건소는 한편으론 마을 사람들의 휴게실이기도 했다. 환자들이 뜸한 저녁 시간이면, 보건소 앞 커다란 느티나무 아래로 사람들이 모여들었다. 긴 나무 의자 위에 걸터앉은 노인들은 자신의 신세타령에서부터 농사짓는 일, 자식들 출세한 이야기 등 시간 가는 줄 모르고 떠들어댔다. 사택에 사는 보건소장은 그런 노인들을 위해 이따금씩 막걸리 한잔씩을 대접했다. 안주는 굵은 멸치 몇 마리와 풋고추 서너 개를 된장에 박아 내놓는 것으로 충분했다.

그날도 오전 진료를 부지런히 마치고, 결핵 퇴치와 산아제한을 위한 캠페인에 나서기 위해 서둘러 나가는 재희를 보건소장이 불러 세웠다.

"미스 오도 이젠 바지 차림에 운동화네. 누가 시키지 않아도 스스로 알아서 그렇게 변장을 할 수밖에 없다니까."

보건소장은 이미 자기도 다 겪어본 일이라는 듯 놀림조로 말했다. 이어서 한마디 던졌다.

"참, 미스 오도 원한다면 서독 파견 간호사로 갈 수 있는 길이 있는데, 어떻게 생각해? 작년에 우리 보건소 간호사 미스 리도 그곳으로 떠났어."

재희는 한참 동안 소장실의 문을 닫지 못하고 그 자리에 서 있었다.

'어떻게 할까?' 이런저런 생각에 잠을 못 이룬 재희는 다음날 서울 언니에게 전화를 걸었다.

"언니, 서독으로 가는 거 어떻게 생각해?"

"내가 고모부와 상의하여 연락할 게. 급하게 생각하지 말고 천천히 고민해 보자."

언니는 해외개발공사에서 일을 하고 있는 고모부

께 알아보겠다며 전화를 끊었다.

몇 시간 후, 재희는 고모부로부터 직접 전화를 받았다. 고모부는 서독으로 가는 것이야말로 나라와 가정과 자신을 위한 최선의 길이라며 강력히 추천한다는 의사를 밝혀 왔다.

수녀 양로원

김포 공항에 어머니와 언니가 배웅 나왔다. 그들의 눈물을 보지 않으려고 냉정하게 돌아섰다. 하지만 비행기 안에서 내내 손수건을 적셨다. 재희뿐이 아니었다. 아버지를 두고 다시는 돌아올 수 없는 길을 떠나는 심청처럼 훌쩍거리는 소리는 프랑크푸르트 공항에 도착할 때까지 여기저기서 그치지 않고 계속해서 들려왔다.

비행기에서 내린 한국인 간호사들은 마중 나온 안내원을 따라 각자 정해진 곳으로 갔다. 호명하는 대로 앞으로 나서는 간호사들은 그야말로 개구리가 어느 방향으로 튈지 모르는 격이었다. 저마다 독일어로 적힌 이름표를 가슴에 달고, 언제 자기 이름을 부를지 신경을 곤두세우고 기다렸다. 초조하고 긴장되는 순간이었다.

낯선 독일 땅에 첫발을 내딛는 순간, 무섭게 몰아치는 찬바람은 옷깃을 여미게 했다. 시월이라서 제법 두터운 겉옷을 걸쳐 입고 왔는데도 을씨년스런 날씨는 알 수 없는 공포를 자아냈다. 처음 만나는 독일인들의 눈초리는 가슴을 후비며 파고드는 송곳처럼 느껴졌다.

"오재희, 김소연, 이성애, 박형신!"

이쪽저쪽에서 대답하고 나온 비슷한 나이 또래의 네 사람은 노랑머리에 전봇대처럼 멋없이 키가 큰 독일 여성의 손짓에 따라 같은 차에 올랐다. 얼마쯤이나 갔을까? 번화한 거리를 한참이나 빠져나온 뒤, 도착한 곳은 어느 마을 입구에 세워진 교회처럼 생긴 작은 건물 앞이었다.

그곳은 수녀들이 운영하는 양로원이었다.

“어서 오십시오. 반갑습니다.”

재희가 알아들을 수 있는 말은 출발하기 전에 며칠 동안 연습한 짤막한 인사말 정도였다. 그 외에는 수녀들의 몸짓, 손짓과 얼굴 표정을 읽어가며 지시하는 대로 하는 수밖에 없었다.

양로원은 매우 규율이 엄격했다. 함께 온 한국 간호사 네 명을 기숙사 한 방에 살게 해 준 것만도 감사할 따름이었다. 그곳에는 이라크와 필리핀에서 온 간호사도 있었다. 재희를 비롯한 한국 간호사 네 명은 먼저 온 그들이 하는 것을 보고 눈치껏 따라하며 열심히 일했다. 하지만 기대와는 달리 한국말로 잡담할 시간은 거의 주어지지 않았다. 저마다 자기가 담당한 환자 몇 사람에게 매달려 온종일 쉴 틈이 없었다. 대소변까지 받아내야 하는 노인 환자들은 음식부터 목욕, 그리고 잠자리까지 아기를 보살피듯 돌봐야 했다. 이것은 주사나 놓는 간호사가 할 일이 아니었다.

간병인들의 일까지 모두 도맡아 했다. 몸을 탁 부려놓고 꼼짝도 하지 않는 그들을 부축하여 앉히고, 일으켜 세우고, 화장실에 데리고 오가다 보면 온몸의 기운이 쏙 빠져나갔다. 어느 때는 꼬박 밤을 새우기도 하고 환자가 잠든 사이 잠깐 쓰러져 자는 잠은 누가 흔들어도 모를 정도로 곤했다.

그런데 육중한 체구들을 낑낑대며 돌보는 간호사들의 애환을 언제 시간을 내어 털어놓기도 전에 큰일이 하나 생겼다. 차마 상상도 못할 일이 벌어진 것이다. 한 방을 쓰는 형신이가 화장실에서 복띠를 동여매다가 수녀에게 들켰다. 그렇게 춥던 독일의 첫 겨울, 날씨뿐만 아니라 살을 에는 듯 혹독한 고생을 겪어내고, 이제 얄팍한 옷으로 바꿔 입어도 좋을 오월의 어느 날이었다. 큰수녀님의 청천벽력 같은 불호령이 떨어졌다.

"너희들은 이곳 기숙사에 머무를 자격이 없다. 모두 짐을 싸가지고 나가라."

3년 동안 이곳에서 잘 지내고, 그리운 고국으로 돌아갈 날을 기다리던 푸른 꿈이 하루아침에 깨져버리는 듯했다. 큰수녀님 앞에 무릎을 꿇고 앉아 두 손으로 싹싹 빌며 용서를 빌었다. 앞으로 더욱 열심히 일하겠다고 다짐을 했다. 어쨌든 서독에 와서 만난 동료들이지만 이제는 한 자매와 같은 친구였다. 알고 보니 형신은 한국에서 이미 임신을 한 상태로 이곳에 온 것이었다. 애인과 헤어지고 싶지 않았지만, 남자 쪽 가정에서 반대를 하여 앞뒤 생각하지 않고 서독으로 왔다는 것이다. 그녀의 가엾고 불쌍한 처지는 이해가 갔지만, 도저히 용서할 수 없는 친구였다.

재희는 결국 친구들과 기숙사에서 쫓겨나 노부부가 살고 있는 개인 집의 작은 방 한 칸을 얻어 들어갔다. 머나먼 이국땅에서의 고된 생활이 본격적으로 시작되었다. 그래도 환자 돌보기에 정성을 다하는 한국 간호사들의 친절하고 성실한 자세가 양로원 환자들에게서 호평을 받았기에, 아주 일자리까지 빼앗지는 않았다. 형신은 열 달이 못된 상태에서 분만을 하고, 독일인에게 아이를 맡겨 양육하게 했다. 남에게 그것도 말이 통하지 않는 독일인에게 아이를 맡겨 키우는 일이 결코 쉬운 일은 아니었다. 재희와 친구들은 근무 시간이 끝나면 틈나는 대로 번갈아가며 아이를 돌봐 주기로 했지만 그 또한 순조롭지 않았다. 형신은 간신히 3년을 넘기고, 아이에게 제 아버지를 찾아주겠다며 고국으로 떠난 뒤 소식이 끊겼다.

다름스타트 시립 병원

스페인, 그리스, 이탈리아, 이라크, 필리핀 등에서 온 여러 간호사들과 근무하는 다문화 속에서 재희의 가장 큰 괴로움은 언어 소통이었다. 선발대로 들어온 선배들의 도움을 받아가며, 부지런히 독일어를 익히고, 열심히 일한 결과 한국 간호사들에 대한 평판은 하루가 다르게 높아졌다. 억척스런 간호보조원들은 틈틈이 공부를 해, 대부분 간호학교 2년 과정을 더

수료하고 독일 간호사 자격을 획득했다. 또한 3년 계약제로 갔지만, 광부와는 달리 간호사들의 근무 기간은 무제한 연장되었다. 독일어를 습득하고 환자를 돌보는 일에 능숙해진 간호사들을 3년 만에 돌려보내는 것은 오히려 국고 낭비라고 주장하는 양로원과 병원 측의 제안을 독일 정부가 받아들인 것이다. 재희도 예외는 아니었다. 간호사 자격증을 획득하고 한 방을 쓰던 친구 소연, 성애와 함께 다름스타트 시립 병원에서 근무하게 되었다. 이번에는 같은 방을 쓰지는 않았다. 각자 자기 취향에 맞는 하숙집과 자취집을 구했다. 재희는 비교적 방값이 저렴한 시외로 나가 자취를 했다.

그러나 독일인들의 무시와 천대 속에서 가난한 나라에서 온 유색인의 열등감과 수치심은 말로 표현할 수 없을 정도로 힘들었다. 한국과는 다른 시스템 속에서 환자의 모든 케어를 담당하는 간호사들의 수고는 최악이었다. 독일에서 3D 업종 중의 하나로 꼽히는 이유를 알 것 같았다. 그래도 경제 대국의 쾌적한 병원 시설과 기계 설비가 조금은 업무를 경감시켜 주었다. 국가에서 월급의 70%를 보장하기에 고정 수입은 믿을 수 있었지만, 그들은 광부와 간호사가 벌어들인 돈을 자국에서 소비하도록 은근히 강요했다. 간호사들은 힘들게 고생하여 받은 월급을 꼬박꼬박 독일 은행 코메르츠 뱅크에 예치한 뒤, 월급의 대부분을 고향으로 보냈다.

환자의 대소변을 받아내며 지독한 악취를 참아내고, 금방 전염이 될 것 같은 고약한 피고름을 짜내면서 벌어들인 돈을 어떻게 쉽게 쓸 수가 있단 말인가? 공포와 소름이 쭉쭉 끼치는 영안실에서 시체의 몸을 닦아내며 흘린 땀과 눈물은 그대로 바람에 씻겨갈 것 같지가 않았다.

재희는 다섯 시에 일어나 우유 한 잔에 빵 한 조각을 먹고, 부지런히 병원을 향하여 자전거 페달을 밟았다. 3부제 근무 중, 아침 6시에서 오후 2시까지 첫 타임 근무를 맡아 30분 거리인 병원을 자전거로 통근했다. 교통비라도 아껴 돈을 모아야 가난한 가정을 일으키고, 동생들 학비도 마련할 수 있기 때문이다.

한국을 떠나온 간호사들은 모두 애국자였다. 태극기만 보아도, 애국가는 물론, '고향의 봄' 노래와 우리 민요 '아리랑'과 '도라지' 소리만 들어도 가슴이 뛰고 눈물이 나왔다. 누군가가 언급하지 않아도 대한민국의 발전이 곧 나의 발전이란 걸 인식하게 되었다. 간호사의 언행 하나하나가 모두 조국의 명예와 관련이 됨을 깨닫게 되었다. 그래서 고생을 고생이라고 말할 수 없었다. 항상 얼굴에 미소를 띠고, 친절한 태도로 환자들을 극진히 대했다. 나이팅게일의 정신이 아니라 해도 좋았다. 근검절약, 한 푼이라도 더 벌어서 고국으로 보내주는 것, 그것이 바로 애국하는 길이라 여기며 하루하루를 충실하게 살았다.

독일인들은 그런 한국 간호사의 부지런함과 성실성을 인정해 주었다. 이따금씩 그들은 엄지손가락을 펼치고 '리틀 엔젤'이라 부르며 칭찬을 아끼지 않았다. 한편 그들은 간호사들의 푸른 날개를 여지없이 부러뜨리는 데도 힘들이지 않았다.

하루는 병원 안이 시끄러웠다. 재희가 환자의 간호일지를 들고 막 1층 사무실 문을 열고 들어가려는 순간이었다.

“난 정상이에요. 미치지 않았다고요. 왜들 날 정신병 환자로 모는 거죠?”

병원 출입구 쪽에서 낯익은 목소리가 들렸다. 바로 친구 성애였다. 재희는 둘째 타임인 오후반 근무를 하는 성애와 헤어져서 사담을 나눈 지도 꽤 여러 달이 지났다고 생각했다. 그런데 지금 성애는 웃옷 소매 한쪽이 반절은 벗겨지듯 흐트러진 옷차림으로 우락부락한 업무과장의 손에 이끌려 질질 밖으로 내쫓기고 있었다.

“왜 그러시죠?, 무슨 일이 있나요?”

놀란 토끼 모양 동그래진 눈을 하고 사무원에게 물었다.

“요즈음 한국에서 온 간호사들 중에는 이상한 사

람이 많아졌어요. 방금 저 미스 리도 의학 공부를 할 거라며 자기 파트타임을 조절해 달라고 왔어요. 과장님이 여러 번 안 된다고 했는데 오늘은 자기가 오히려 시끄럽게 떠들어대며 파트타임을 저녁 시간으로 옮겨 달라고 떼를 쓰지 뭐예요."

"그게 뭐 잘못인가요? 시간을 조절하면 될 게 아닌가요?"

"모르는 소리 하지 마세요. 돈을 벌려고 온 간호사들이 제 의무를 망각하고, 어디 유학생 흉내를 내려고 합니까?"

상대편 얼굴은 보지도 않고 중얼거리듯 지껄이는 매부리코 독일 여사무원 옆을 지나 재희는 얼른 서류를 제 자리에 꽂은 뒤 성애를 찾았다. 그러나 어느 새 성애는 사라지고 없었다. 업무과장을 붙들고 금방 잡아끈 성애가 내 친구인데 어디에 있느냐고 물었다. 그는 재희의 말을 무시해 버렸다.

그 뒤로 성애는 병원에 나타나지도 않았으며, 그녀

의 소식은 더 이상 들리지 않았다. 아마도 그녀는 독일인과 결혼하여 시민권을 얻은 후, 의학 공부를 계속 하고 있거나, 아니면 정신 분열증 환자로 어딘가에 입원한 뒤, 고국으로 추방당했을 것이라는 추측을 해 볼 뿐이었다. 재희는 성애에게 아무런 도움이 되어줄 수 없는 자신이 미웠다. 긴 한숨을 내쉬었다.

한국에서 서독까지 그 머나먼 길을 떠나온 간호사들은 하얀 날개를 단 백의의 천사가 아니었다. 어쩌면 라인강의 깊이를 모르고 날아와 앉은 청둥오리처럼 물에 젖은 파란 날개를 파닥거리는 가엾은 철새에 불과했다.

독일 청년의 구혼

일요일마다 성당에 나갔다. 한국에서는 믿지도 않던 천주교를 택한 것은 순전히 지난번 수녀 양로원에 근무한 때문이었다. 수녀들은 일요일마다 간호사들을 데리고 성당으로 가 미사를 보았다. 처음엔 재희도 성당에서 이루어지는 모든 전례가 번거롭고 마음에 들지 않았지만, 3년이란 세월이 지난 후론 일요일이면 자동적으로 성당을 향하여 발걸음을 옮겼다. 어쩌다 일요 미사에 빠지고 나면 죄를 진 것처럼 다음 주 일주일이 꺼림칙했다. 재희를 성당으로 이끄는 자석 같은 힘이 또 하나 작용했다.

얼마 전의 일이었다. 성당에서 미사를 보고 나오던 재희가 핸드백에서 전화기를 꺼내려다가 딸려 나오는 미사포를 땅에 떨어뜨리기 직전이었다.

"이얏, 잡아라! 하마터면 이 깨끗하고 하얀 미사포에 흙이 묻을 뻔했군요."

재빠르게 허리를 굽혀 미사포를 받아들은 독일 청년이 재희에게 미사포를 넘겨주며 '안녕하세요?'하고 한국말을 건넸다. 그리고 재희가 감사하다는 말도 꺼내기 전에 성모상 앞에 서 있는 중년의 동양 여인에게 손을 흔들며 달려가는 것이었다.

그때 재희의 가슴은 왜 그렇게 콩닥콩닥 뛰었는지 모른다. 커다란 키에 환하게 생긴 얼굴, 뚜렷한 이목구

비에서 풍기는 지적 매력도 한눈에 들어왔지만, 그 흔한 '안녕하세요?'라는 인사말이 그녀를 무척 설레게 한 것이다. 병원에서도 시장에서도 여러 독일인들에게 자주 듣는 인사말인데 왜 유독 성당 층계에서 우연히 만난 그 청년의 목소리가 귀청에서 떠나지 않았는지 자신도 모를 일이었다. 그때 멀리서 보았던 정체 모를 동양 여성의 다정한 눈빛도 지울 수가 없었다.

어쨌든 그 청년의 이름이 태오라는 것과 요즘 '청소년 성경교리반'의 지도를 맡고 있는 프랑크푸르트 대학원생이라는 것을 알아냈다. 그런데 재희의 기도 때문이었을까. 두 사람은 자주 성당 안에서 마주쳤다. 재희가 시간이 날 때면 이따금씩 도와주는 레지오 반에 태오도 등록을 한 것이다.

재희는 이제 하루라도 태오의 전화가 오지 않으면 궁금해서 손에 일이 잡히지 않았다. 어느 날, 하이델베르크에 있는 태오네 집으로 초대를 받았다. 겉으로 보기에도 그림 같은 멋진 집이었다. 그런데 어머니라고 소개 받은 이는 바로 성모상 앞에서 본 그 여인이었다. 어머니가 한국 사람이라 했다. 어찌나 반가운지 금방 고향의 어머니 같은 그녀의 품에 안기고 싶었지만, 그녀는 성당에서 보았던 첫인상과는 아주 딴판이었다. 재희에게 매우 쌀쌀하게 대했고, 한국어를 전혀 모르는 사람처럼 시종일관 독일어로만 이야기했다. 그래서 식탁에 올라온 김치를 먹으면서도, 어떻게 해서 독일인과 결혼을 했으며, 이곳에서 정착했는지 궁금한 질문들을 한마디 꺼내지 못했다.

다른 때는 별로 먹지 않는다는 김치를 재희를 위해서 특별히 자기 엄마가 차렸다고 너스레를 떠는 태오를 통하여 감사하다는 인사말 정도만 전했을 뿐이다. 다만 사진 액자 속에 팔자수염을 한 군복 차림의 늠름한 남자가 태오 아버지일 거라고 짐작만 했다.

병원 스케줄이 없는 시간에는 대부분 태오와 함께 있었다. 로렐라이 언덕에 올라가 유유히 흐르는 라인강 물을 바라보며, 여고 시절에 배웠던 독일 민요 '로렐라이 언덕'을 흥얼거리자, 태오는 재희를 꼭 껴안아주며 외롭고 쓸쓸한 마음을 달래주었다. 그리고 옛날부터 전해오는 로렐라이 언덕의 전설도 이야기해주었다. 언제부턴가 재희에게 태오는 친구라기보다는 든든한 보호자와 같은 느낌으로 다가와 있었다. 그리고 혼자일 때보다 둘이 있을 때가 훨씬 행복하다는 느낌을 감출 수가 없었다.

라인강 주변의 작고 예쁜 집들을 바라보며 저런 곳에 아담한 집을 짓고 태오와 함께 사는 것도 나쁘지 않겠다는 생각을 하고 있을 때, 갑자기 태오가 허락도 없이 입맞춤을 해왔다. 재희는 깜짝 놀라 일어섰다. 하지만, 하늘 위 밝은 태양에게만 들켰을 뿐, 맑은 공기와 고운 구름까지도 모른 척하고 지나갔다. 그 사실은 더 이상 아무에게도 말하지 않았다.

그렇게 서너 달이 지난 후, 태오로부터 사랑 고백을 들었다. 자취집에 찾아온 태오는 하룻밤을 자고 가겠다고 조르기까지 했다. 재희는 절대로 국제결혼을 허락할 리 없는 고향의 부모를 생각하며 완강히 거절하고 쫓아내듯 돌려보냈다.

일요 미사를 마친 후, 태오가 함께 드라이브를 하자고 권했다. 좀처럼 허락하지 않는 재희를 태오가 데리고 간 곳은 말로만 듣던 나마오의 에프카카 나체족 마을이었다. 모두가 발가벗은 채 드러누워 선팅하고 있는 남녀들, 재희는 화끈거리는 얼굴을 옆으로 돌렸다. 태오가 탈의실로 들어간 사이 재희는 오던 길로 방향을 바꾸었다. 빠른 걸음으로 그곳을 빠져나오는데 누군가가 재희의 이름을 부르는 소리가 들렸다. 돌아보니 놀랍게도 친구 소연이었다. 같은 병원의 독일 의사와 나란히 누워 있던 소연이 재희를 먼저 발견하고 반갑다고 소리쳤다. 재희는 자신이 큰 죄라도 진 것처럼 얼굴이 빨개져서 넘어질 듯 휘청거리는 걸음걸이로 그곳에서 도망쳐 나왔다. 그리고는 혼자서 택시를 잡아타고 집으로 와 버렸다.

다음날 태오에게서 만나자는 전화가 연이어 왔지

만, 받지 않았다. 더 이상 태오를 만나면 안 될 것 같았다. 생각만 해도 수치스럽고 부끄러웠다. 하지만 열다섯 살만 넘기면 대부분 피임약을 가지고 다니는 그들은 혼전 남녀 관계는 죄가 아니었다. 걸핏하면 동방예의지국을 찾고, 남녀 7세 부동석을 찾던 조부모 밑에서 자란 재희는 완전히 개방된 그들의 성문화를 이해할 수 없었다.

88 올림픽

그렇게 몇 년이 흘렀을까? 간간이 태오의 소식은 들을 수 있었지만 연락은 끊겼다. 스웨덴 스톡홀름으로 건너가 자신이 전공하고 있는 친환경 주택 건설 연구소에서 일하고 있다는 태오는 더 이상 재희에게 전화나 편지를 보내지 않았다. 오히려 요즈음 재희에게 귀찮게 데이트를 신청하는 사람은 탄광회사 사무국에서 근무하는 병혁이었다. 병혁은 얼마 전에 무릎 관절염으로 재희가 근무하는 병원에 일주일간 입원했다가 퇴원했다. 일류 대학 출신인 병혁은 가족들을 위해 돈을 벌어야 했다. 육체적 고통보다도 마음의 병이 더 컸던 병혁이었다. 재희만 보면 그는 그 동안 힘들었던 삶을 토로했다. 한국에서 고학하며 학교에 다니던 이야기부터 서독에 와서 섭씨 40°가 넘는 탄광 안에서 하루에도 대여섯 번씩 팬티를 벗어 땀을 짜내며 석탄을 캐내고 터널을 만들었다는 넋두리를 끝없이 읊어댔다. 어느 누구에게나 친절한 상담사 역할을 하는 재희를 병혁은 특별한 인연으로 여기며 계속 만나자고 졸라댔다.

병혁은 장기 체류를 위해 현재 서류상으로는 모 간호사와 결혼한 것으로 되어 있지만, 실제로는 혼자 생활을 하고 있다고 털어놓았다. 그는 독일에 와서 고생도 많이 했지만, 이제는 돈도 벌어놓았고. 지금 정규직 사무원이 되어 편안한 삶을 살고 있음에 만족해 하며, 앞으로 재희를 행복하게 해 줄 자신이 있다고 장담했다.

*

재희의 나이 서른일곱, 그 나이에 결혼도 하지 않고 돈만 벌어 무얼 하느냐고, 이제 그만 고국으로 돌아와 편안한 가정을 이루고 살라는 부모의 성화에 못 이겨, 몇 차례 국경을 넘나들며 맞선도 보고 좋은 일자리도 소개 받았다. 그러나 독일 간호사로 살아온 지 어느덧 16년, 이미 길들여진 일만큼 좋은 조건도 없었다. 이제 고향에는 성공한 남동생들은 걸맞은 짝을 만나 행복하게 살고 있고, 여동생도 대학을 졸업하고 좋은 회사에 다니고 있다. 그 사이 할아버지는 돌아가시고, 할머니는 눈도 귀도 어두워져서 재희를 알아보지도 못했다. 재희 때문에 조금은 넉넉한 살림, 아니 전답이 더 늘어나 농사 일이 더 많아졌다고 투정을 부리는 부모님도 이젠 그 지긋지긋한 가난 타령은 하지 않았다. 그래도 부모 사랑이라 여러 차례 서독엔 그만 가라고 붙들었다. 하지만 고향에서 재희가 할만한 일은 없었다. 농사일도 하던 사람이 하는 것이지 병원에서만 살아온 사람이 할 일은 아니었다.

재희가 마음을 다잡고, 그냥 독일에 머물며 병혁의 청혼을 들어줄까 고민을 하고 있을 때, 남동생 민석으로부터 전화가 왔다. 알아본 결과 병혁의 처와 아이들 둘이 버젓이 고향에서 살고 있다는 것이다. 재희는 그 후로 병혁과도 연락을 끊어버렸다.

*

얼마 후, 바덴바덴에서 88올림픽 장소가 서울로 결정되었다는 뉴스가 보도되었다. 한인들은 너도 나도 태극기를 들고 프랑크푸르트 시청 앞에 모여 '대한민국 만세!'를 목이 터져라 불러댔다. 나름대로 모두 애국자였다. 고국이 자랑스러웠다. 그러면서도 한편 그들은 삼삼오오 모이기만 하면 노심초사 염려를 했다. 후진국인 필리핀, 태국보다도 국민소득이 낮았던 나라가, 공장을 짓고 싶어도 돈과 기술이 부족하여 짓지를 못하던 대한민국이 어떻게 그런 세계적인 큰 행사를 치룰 수 있을지 진심으로 걱정이 앞섰다. 물론 대한민국의 경제가 급속도로 발전되어 '한강의 기적'이 '라인강의 기적'을 뛰어넘었다는 농담들도 종종 오갔지만, 먼 이국땅에서 그 옛날의 모습을 상기해보는 도무지 실감이 나지 않았다. 그런가 하면, 간호사, 광부들이 자신들의 연금과 생활비를 제외한 모든 돈, 그들이 연간 5,000만 달러 이상을 꾸준히 조국으로 송금했기에 나라의 경제 발전에 큰 보탬이 되었음도 부정하지 않았다.

재희는 88올림픽을 기해 통역 자원봉사자로 나섰다. 이젠 돈도 더 이상 벌어들일 이유가 없었다. 조국을 위해 할 수 있는 일이 무엇일까? 독일어가 필요해서 배운 것이지만, 이젠 그 독일어를 필요로 하는 곳에 사용할 때가 되었다고 생각했다.

올림픽 개최 직전에 한국으로 와서 다른 자원봉사자들과 함께 숙식을 같이하며 세계 방문객을 위한 서비스 교육과 연수를 받았다. 재희는 독일인들을 위해 통역을 했다. 각종 경기에 참가하는 선수와 지도자들

그리고 함께 찾아온 임원들과 가족들까지 세세하게 챙기며 그들이 불편하지 않도록 동분서주 맡은 일을 다 해냈다. 독일인들은 통역하는 재희가 서독에서 간호사로 근무했다는 말을 듣고 더욱 고마워하는 표정이었다.

서울올림픽은 성공리에 잘 끝마쳤다. 동남아시아 맨 아래쪽 길쭉하게 삐져나온 그 작은 나라 한반도에서 그런 거대한 올림픽이 이루어졌다는 것만도 우리 민족의 큰 자랑이 아닐 수 없었다.

독일에 머물고 있는 동료 간호사들과 친지들이 이따금씩 안부 전화를 걸어오면, 88올림픽 이야기를 빠뜨리지 않았다. 그들도 고국에 대한 인식이 차차 변하고 있었다.

"그래, 대한민국. 아주 대단한 나라야."

칭찬을 들을 때면 자신도 모르게 어깨가 으쓱 올라갔다.

"호돌이 만세!"

정말 가슴 뿌듯하고 감격적이며 잊을 수 없는 큰 사건이었다.

눈물이 쏟아질 만큼 기뻤다. 기쁨을 감출 수 없어 재희는 일어나서 덩실덩실 춤까지 추었다.

*

그러던 어느 날, 독일에서 의사와 결혼해 잘 살고 있는 친구 소연으로부터 편지 한 장이 날아왔다. 태오 이야기가 적혀 있었다. 태오는 부모가 권하는 여자와 결혼하여 스웨덴의 스톡홀름으로 건너갔지만, 1년 만에 이혼했다는 것이다. 그 이후. 그는 룬드대학 교수진과 환경친화 주택 건물에 대한 연구에 몰두하여 파시브 하우스 건축가로 성공했으며, 이제는 독일로 돌아와 독일 주거환경연구소에서 근무하게 되었단다. 그런데 그가 자기를 찾아와 재희의 소식을 알고 싶어 했다는 것이다. 그때는 이미 재희가 서독에서 아주 떠나버린 다음 해인 1989년이었다. 지금이라도 늦지 않았으니, 다시 만나보면 어떻겠느냐는 것이다. 소연은 베를린 장벽도 무너지고 세계가 하나 되는 세상에 국제결혼이 뭐가 어떠냐고 설득하였다.

그러나 재희는 자기의 속마음을 감추고 답장을 써 보냈다. 그 시절은 모두 '아름다운 추억'으로 간직할 뿐, 이미 모두 잊어버렸다고. 그때 독일 의사와 철없이 돌아다니던 소연을 한심스럽게 바라보았는데. 지금은 결혼하여 아들딸을 셋이나 낳고 깨가 쏟아지게 살고 있는 소연이가 솔직히 부럽지 않은 것은 아니었다. 하지만 재희의 마음속에 뱀처럼 똬리를 틀고 자리한 그 보잘 것 없는 윤리 의식은 좀처럼 변할 수가 없었다.

에필로그

올림픽 폐막 후, 그녀는 그대로 서울에 남았다. 그동안 벌어들인 돈으로 올림픽 때 지어진 아파트 한 채도 구입하고 혼자지만 신혼 방을 꾸미듯 세간도 볼품 있게 갖추어 놓았다. 이제 여생을 즐기며, 편안하게 지내고 싶었다. 정규 대학을 등록금 걱정 없이 다닌 두 남동생이 이따금씩 들르고, 언니와 여동생도 한 달이 멀다하고 찾아왔다.

이제야 가족이란 것이 무엇인지 훈훈한 정을 느낄 수 있었다. 기왕이면 어머니 아버지를 함께 모시며 살고 싶었다. 그러나 시골 부모는 평생을 정붙이고 살아온 고향과 땅을 어떻게 쉽게 떠날 수 있느냐고 오히려 역정을 냈다.

이름이 잘 알려진 회사원으로, 대학 조교로 나가는 동생들은 이따금씩 맞선 자리를 마련해 놓고 연락을 했다. 저희들만 가정을 이루고 잘 사는 게 미안해서인지 노총각에 대한 정보를 많이도 구해 왔다. 하루 종일 좁은 방에 틀어 앉아 공부만 하고 있는 고시생부터, 여자들에게는 눈길도 한 번 준 적 없다는 교수, 사업은 여러 번 실패했지만 아직도 거액의 부동산을 가지고 있다는 사장님, 때로는 모든 조건이 완벽하지만 한 가지 흠이라면 본처와 이혼하고 혼자 살고 있다는 변호사에 이르기까지 잊을 만하면 또 중매를 서겠다고 떠들썩했다.

그러나 그녀는 모두 거절을 했다. 동생들 체면 때문에 어쩔 수 없이 나간 자리도 식사 한 끼로 끝내는 것이 고작이었다.

*

“벌써 40년이 흘렀어. 이젠 내가 너무 늙었지. 아마도 그이 앞에 나타나면 실망뿐일 거야.”

그녀는 지난날을 회고하듯 먼 데로 시선을 돌렸다. 그래도 돌아보면 ‘젊은 날의 그리운 추억’이라고 말했다. 힘들고 고달픈 생활 속에서 그와의 로맨스는 아름다웠다고 작은 목소리로 속삭이듯 말했다.

지금도 기다림의 전설이 살아있는 로렐라이 언덕과 그 맑고 파란 하늘 아래 고요히 흐르는 라인강, 그 속에서 푸른 꿈을 키우며 날개를 퍼덕이던 한국 간호사들, 비록 물에 젖어 힘없이 늘어진 날갯죽지일지라도 그들은 저 높고 푸른 하늘과 라인강 물위를 실컷 날아보는 꿈만은 결코 포기하지 않았다고 힘주어 말했다.

"이제 생각하면 왜 내가 그곳에 그냥 남아있을 걸 귀국했는지 모르겠어. 남은 건 허무야, 난, 그곳에서도 이곳에서도 이방인이야. 건강이라도 좋으면 괜찮을 텐데, 난 겉보기와는 달리 심신이 병들어 있어. 시력도 약해졌고, 비행기도 탈 수 없어, 그래서 여행도 못 다니지."

어느새 그녀의 까만 눈동자를 뿌연 안개가 덮고 있었다.

하지만 그녀는 내일도 모 대학의 사랑방 교실에서 독일어를 가르치러 나가야 하기 때문에 준비를 해야 한다며 오늘은 여기까지 이야기 하자고 제안했다.

"돈을 벌기 위한 일이 아니야. 그들은 나더러 강사님이라 부르지만, 난 처음부터 끝까지 자원봉사자야. 내 힘이 닿는 한, 난 내 조국을 위해 할 수 있는 작은 일이라도 찾아내어 즐겁게 할 테야."

그녀의 열정과 도전은 아직도 끝나지 않았다. 누가 뭐라 해도 그녀는 애국자임에 틀림없었다.

요즘엔 일주일에 한두 번 자원봉사 활동 겸, 독일어 강사로 나가거나, 일이 없을 땐 아파트 내에 있는 공원을 산책하며 소일하고 있다는 그녀는 말과는 달리 심신이 매우 여유로워 보였다. 예상 외로 쉽게 만나준 그녀는 16년 동안의 독일 생활에서 자신이 겪은 이야기를 시간을 두고 천천히 들려주겠다고 말했다.

그녀는 아직도 다부지고 아름다웠다. 푸른 날개를 펼치고 서독 하늘을 날았던 그 꿈이 환한 얼굴에 서려 있었다. 또한, 야심차게 출발했던 타국 생활과 젊은 날의 로맨스를 불태웠던 그곳을 아직도 그리워하고 있음을 그녀의 까만 두 눈에서 역력히 읽어낼 수 있었다.

한국소설(2021년 1월호)

K병원 8동

서간체 소설

K병원 8동

어머니,

오늘도 한 사람이 죽어나갔어요. 김 간호사가 파리해진 얼굴로 달려오고, 나와 상담을 하던 젊은 레지던트 손 선생이 황급히 뛰어나갈 때, 나는 전신에 한기를 느끼며 솜털이 일어나는 불길한 예감을 떨칠 수 없었어요.

안정 병동 직원들은 다른 환자들이 눈치챌까 봐 쉬

쉬하면서 행동했지만, 긴 복도 양편에서 환자들이 머리를 내밀고, 여기저기서 웅성거리는 것으로 보아 심상치 않은 일이 생긴 게 틀림없었어요. 주치의 민 박사가 토끼 눈처럼 빨개진 눈동자를 깜박거리며 옆방에서 나올 때 짐작을 했지요. 514호실 정아 엄마예요. 입원 기간이 거의 나와 비슷한 그녀에게서 내가 이상한 낌새를 눈치챈 것은 어제 점심시간부터였어요.

"나더러 뭘 하라고? 용서? 날 배신한 놈과 같은 하늘 아래서 살라고? 왜들 이래?"

혼잣소리로 떠들어대는 것이 그녀의 특징이었지만, 어제는 유달리 그녀의 목소리가 악에 받치고, 얼굴 표정도 싸늘하여 난 그녀와 눈이라도 마주칠까 봐 두려웠어요. 평소에 히득히득 웃으며 재잘거리다가 갑자기 조용해지고, 그러다가 흑흑대는 그녀의 병은 조울증에 정신분열증이라 했어요. 병명대로 감정 기복이 정말 심했던 그녀는 안절부절 제 정신이 아니었지요.

"옥상으로 올라가는 길을 가르쳐 줘. 여긴 왜 문마다 꼭꼭 잠그고 지랄이야. 난 억울해, 정말 난 죽고 싶단 말이다! 날 말리지 마!"

그녀는 자신이 뒷바라지하여 성공한 남편이 바람을 피우는 걸 목격했는데도, 오히려 남편이 자기를 정신 병원에 강제로 입원시켰다고 주장했지만, 아무도 그녀의 말에 귀 기울이는 사람은 없었어요. 어제 잠깐 제 정신이 돌아왔을 때, 나에게 '당신은 아이들 때문에라도 절대로 죽지는 말라'며 조언까지 했어요. 그녀가 나에게 보낸 연민의 눈빛은 아마도 자기가 다 살지 못한 생까지 더 살아달라는 부탁 내지는 자기의 이야기를 잘 들어주던 나에 대한 마지막 인사였는지 몰라요. 외부에서 연락을 받고 찾아온 사람들이 5층 거실에서 사라진 뒤, 나는 한참 동안 열리지 않는 창 밖을 내려다보며 멍하니 서 있었어요.

*

그리운 어머니,

내가 이곳 K병원 8동에 들어온 지도 벌써 한 달이 넘었어요. 그 사이 얼굴을 맞대고 이야기를 나누던 환자들 중 다시는 보지 못하게 된 사람이 세 사람인데 그 세 번째가 정아 엄마예요. 그러고 보니 일주일에 한 사람씩 가버린 셈이네요. 물론 병세가 호전되어 다른 병원으로 옮겨가거나 약물만 꾸준히 복용하면 된다고 기분 좋게 퇴원하는 사람들도 있었어요.

하지만 이곳 병원은 생각보다 심각한 환자들이 많은가 봐요. 몇 년 전 내가 잠깐 입원해 있던 신경정신과 병원만 해도 면회가 자유롭고, 그런 대로 편한 쉼터였거든요. 그런데 여기는 분위기부터가 으스스하고, 마치 내가 연옥의 세계에 와 있는 것 같은 착각까지 들거든요.

그동안 죽어나간 사람들 대부분이 스스로 목을 매거나 여러 도구를 이용하여 자해를 했대요. 하기야 이곳 환자 중에 자해 안 해 본 사람은 아무도 없을 거예요. 온종일 감시하는 간호사와 의사들의 눈을 피해 기회가 주어지는 대로 자기 목숨을 자기가 노리고 있으니까요.

'다음 차례는 나야, 어디 철저히 감시들 해 보라지.'

어머니, 다른 사람 이야기가 아니에요. 나 또한 더 살아야 할 필요를 느끼지 못해요. 조금 전에 '전 죽고 싶어요. 그 이상은 생각하고 싶지 않아요.'라고 내가 재직 중인 학교장에게 문자 메시지를 보냈어요. 그리고 시간 나면 꼭 한 번 면회를 와 달라고 부탁했는데 아무런 답이 없는 걸 보면 그분도 저한테는 별로 관심이 없다는 뜻이겠지요? 공연히 문자를 보냈나 봐요. 내가 이곳 8동에 입원한 사실을 아무에게도 알리면 안 되는데 말이에요.

*

보고 싶은 어머니,

요즈음엔 자꾸만 어머니가 꿈속에서 나타나요. 그

런데 어머닌 한마디도 하지 않고 나를 물끄러미 바라보다가 그냥 가버리더군요.

저기 나와 한 방을 쓰고 있는 여대생이 나에게 손짓을 하네요. 내가 방으로 들어가자 그녀는 자기 침대 옆에 놓고 기르던 아이비 화분을 내게 건네주었어요. 내가 한 발짝 뒤로 물러서자, 그녀는 씁쓸한 미소를 띤 얼굴로 말했어요.

"하느님께서는 나에게 이제 그만 퇴원을 해도 좋다고 명하셨어요. 조금 후, 우리 엄마가 날 데리러 올 거예요."

그녀는 환청 때문에 몹시 괴로워했어요. 이따금씩 자기 혼자 누구와 대화를 하는 것처럼 중얼거리고 때로는 주위 사람들이 깜짝 놀랄 정도로 '그러면 못써! 너 지옥으로 떨어지고 싶니?'하며 소리를 질러댔어요. 그런데 오늘은 무척 다소곳한 태도로 나에게 작별 인사를 하네요. 그녀는 머리맡에 놓고 수시로 읽어대던 성경책을 소중하게 챙겨 가방에 넣었어요. 자기의 아버지를 '평화의 전도사'라 부르는 그녀는 서울 어느 큰 교회 목사 딸이래요.

"참 잘 되었네. 퇴원하는 걸 축하해요."

두 손을 모아 가슴에 대고 기도하는 모습만 보면 그녀는 아주 착한 어린애 같았어요. 어쨌든 그녀도 그렇게 훌훌 떠났어요.

나는 그녀에게서 받은 아이비 화분을 내 침대 옆 창가에 올려놓았어요. 정아 엄마 때문에 울적하던 마음에다 2주일 동안 친하게 지내던 여대생마저 떠나고 나니 갑자기 허탈함이 밀려오네요. 나 혼자 침대에 누워 있으면 어김없이 병실 천장에 어린 두 딸의 얼굴이 희미하게 나타나요. 그래, 잘들 있겠지. 행여 굶겨 죽일 리야 있겠어요? 시어머니에게 맡겨놓은 다섯 살과 세 살짜리 진아, 영아의 얼굴을 지우려고 두 눈을 꼭 감아버려요.

다음 차례는 또 그 반거충이 남편 얼굴이 떠오르지요. 교감이 내 휴직 문제로 자꾸만 호출을 한다기에 학교에 다녀오라고 했어요. 우울증세가 좀 나아지면 나갈 거라고, 정신병원 입원은 절대로 비밀이라고 당부해 놓았어요. 갑자기 '하하하하!' 웃음이 터져 나오네요. 그러자 김 간호사가 기다렸다는 듯이 문을 열었어요. 나는 아무런 일 없다고 손을 내저었어요. 김 간호사도 별 반응 없이 바로 문을 닫았어요. 다시 하얀 천장을 응시했어요.

"과대망상증?"

어머니, 나에게 붙여진 병명이에요. 우울증과 피해망상증까지 겹쳐 있다는군요. 내 병명을 알게 된 것은 바보 멍텅구리 남편 정명우가 얄궂게 히죽거리며 맨 먼저 나에게 알려 왔어요. 말로는 떠벌리지 않았지만 '거 봐라. 넌 미친년이야!' 그의 얼굴에서 날 얕잡아 보고 있는 표정을 역력히 읽어낼 수 있었어요. 하기야 내가 신경안정제를 복용한 지 5년이 넘었으니까요. A 중학교의 보건교사로 발령받기 직전부터였어요.

무슨 인연으로 결혼까지 골인했는지…. 아이를 둘

까지 낳아 기르는 동안 그는 내가 무슨 약을 먹고 있는지 관심조차 없었어요. 불면증으로 술을 마셔대는 내 옆에서 소주 몇 잔을 받아 마시면 금방 코를 골고 잠에 빠져드는 인간이니까요. 적절히 치료하면 나을 것이라 믿었던 내 병이 이렇게 악화되고 들통이 나서 입원까지 할 줄은 나도 예상치 못했던 일이에요.

*

사랑하는 어머니,

김 간호사가 나를 5층 거실로 불러냈어요.

"이연숙씨, 모르는 사람이 면회를 신청했는데 어떻게 하지요?"

내가 이 병원 8동에 입원한 것을 아는 사람은 어머니의 둘째 딸 민숙이와 남편, 시어머니 그리고 영문도 모르고 일주일에 한 번씩 제 아빠를 따라다니는 어린 두 딸 뿐이거든요. 모르는 사람이 찾아왔다 하니 깜짝 놀랐어요.

주치의 민 박사가 전화를 해보더니, 학교장이 찾

아왔다고 전했어요. 참 내가 문자를 보내놓고 그새 깜빡했어요. 내심 반가운 마음에 밖으로 뛰어나가려 했어요. 민 박사는 나를 가로막으며 '안 된다'고 말렸어요. 결국 10분 면회를 허락 받고 5층 상담실에서 만나기로 했어요. 보라색 투피스를 산뜻하게 차려입은 김 교장이 커다란 꽃바구니를 들고 면담실로 들어왔어요. 민 박사는 레지던트 손 선생을 동석시켰어요. 나는 고개를 푹 숙이며 인사를 했어요.

"왜 이렇게 말랐어? 고생이 많지? 빨리 회복하여 학교에 나오도록 해."

김 교장은 내 등을 가볍게 두들기며 목멘 소리로 조용히 말했어요. 그리고 이것저것 궁금한 사항들을 물어왔어요. 나는 입술이 딱 붙은 것처럼 아무 말도 할 수 없었어요. 갑자기 어머니 생각이 나더라고요. 마치 어머니가 따스한 손길로 내 등을 어루만지는 것 같은 느낌이 오는 순간 말문이 탁 막혀 버렸어요. 하고 싶은 말이 많아서 한 번 면회 와 달라고 부탁까지 해놓고서. 나는 그녀의 질문에 대부분 고개를 끄덕이거나 가로로 내젓는 것으로 대답을 대신했어요. 나의 태도와 답변을 조목조목 적으려고 필기도구를 앞에 놓고 앉아 있는 레지던트가 어쩌면 내 신경을 자극했는지 몰라요.

정년을 앞둔 그녀는 3년째 같은 학교에서 근무하며 여러 가지로 날 배려해 주었지요. 우연히 알게 된 사실이지만 어머니와 고향도 같고 나이도 비슷하더라고요. 그래서인지 믿음이 가고 나를 향한 마음이 따뜻하다고 느꼈어요. 내가 학교에 병가를 낸 것은 이번이 세 번째예요. 물론 두 차례는 병원에 입원한 것은 아니고요. 한 번은 정신없이 집안 청소를 하다가 한쪽 어깨가 빠져서 병가를 2주일간 사용했고, 또 한 번은 원하지도 않던 태아가 유산되는 통에 한 달을 쉬었어요. 교장은 같은 여성으로 이해를 해서인지 '병가를 자주 내는 것도 습관이 되면 안 돼.' 한편으론 꾸짖으면서도 다른 편으로는 '건강이 제일이다.'

라며 쉽게 결재를 해 주었어요.

*

어머니, 내가 이 병원에 입원하기 전에 학교에서 생긴 일이에요.

서형기라는 남학생이 오전 수업 중에 보건실로 찾아왔어요. 담임 선생님에게 몸이 아파 조퇴를 하겠다고 하자 학교 규정대로 보건 교사의 사인을 받아오라고 했겠지요. 평소에 자주 보건실을 찾아오는 형기는 지난해에 지방에서 전학 온 학생이었어요. 다른 학생들보다 덩치도 좋고 힘도 세어서 벌써부터 아이들 사이에 짱!으로 인정받고 있었어요. 전학 온 날 옆 교실 생활지도부에 가려고 잠깐 양호실에서 대기할 때부터 그가 심상치 않은 존재임을 인지했지요. 전입해 오는 대부분의 학생들은 부모가 함께 오거나 어머니와 오는 경우가 많았어요. 하기야 요즘은 이혼한 가족이 많아서 아버지와 함께 오는 것이 특별할 것도 없지만, 어쨌든 그의 아버지는 길게 기른 머리를 뒤로 묶고, 젖가슴이 툭 튀어나오도록 딱 달라붙는 티셔츠에, 구멍이 뚫려 있는 청바지를 입고 있었으니 그의 인상이 쉽게 지워질 리 없지요. 그런 형기가 이따금씩 보건실에 들어와 나를 위아래로 훑어보며 '마시는 감기약 한 병 주세요!' '오늘은 머리가 아픈데 직통으로 드는 약 없어요?'하며 마치 가정부에게 말을 걸 듯 하였어요. 그날도 내가 보기에 형기는 모든 게 정상이었어요. 몸이 아픈 게 아니라 자기가 원하는 상급 학교에 가기 위해 오후에 실기 공부를 하려고 조퇴를 하는 게 분명했어요. 아마도 예술 계통의 특목고에 가고 싶어 하는 것 같았어요.

"정말 어디가 아픈 거야? 너 또 꾀부리는 거지?"

"아니라니까요? 이렇게 머리가 빠개질 듯이 아프단 말이에요."

"열도 전혀 없는데? 교실로 들어가 공부 해!"

"아휴! 보건 교사 따위가 말이 많아. 그냥 사인만 해 주면 될 것이지."

형기가 뒤돌아서며 혼잣말처럼 지껄이는 소리를 나는 분명히 들었어요.

"뭐라고 이 녀석이? 너 이리 와 봐!"

내가 얼굴을 찌푸리며 큰 소리를 내자, 형기는 슬슬 꼬리를 빼면서 보건실을 빠져 나가려 했어요. 나는 자리에서 벌떡 일어나 형기의 팔을 붙들었어요. 3학년인 형기의 힘이 여간 만만치 않았는데도 나는 안간힘을 다해 그를 안으로 끌어들였지요. 그리고 보건실 문의 잠금 장치를 눌렀어요.

"너 조금 전에 뭐라고 했는지 다시 한 번 지껄여 봐!"

나는 형기의 어깨와 등, 허리를 마구 주먹으로 치다 못해 책꽂이에서 잡지책을 뽑아 뺨이랑 머리랑 닥치는 대로 때렸어요.

"왜 이러세요? 그만해요. 선생님, 미쳤어요?"

처음엔 실실 웃으며 이리저리 피하던 형기가 내 팔목을 붙들며 안색을 바꾸었어요.

"그래, 나 미쳤다, 너 같은 놈 때문에 난 미쳐버리

고 싶어!"

그때 보건실 복도에서 학생들과 선생님들의 웅성거리는 소리가 들려왔어요. 곧이어 '탕! 탕! 탕!' 문을 두드리는 소리와 함께 '선생님, 문 열어요! 빨리요!' 하는 소리가 크게 들렸어요.

나는 아랑곳하지 않고 실내를 뱅뱅 돌며 피하는 형기에게 아무 물건이나 마구 내던졌어요. 생활지도부장이 문을 박차고 들어왔어요.

자초지종 사유서를 썼지만 아이들과 학부모 사이에 이 소문은 금방 퍼져나갔어요. 처음에는 병가를 일주일 냈어요. 그러나 여기저기서 수군거리는 바람에 곧 병가를 더 연장했지요.

"기간제 교사를 채용하면 되니까 걱정 말고 마음이 편안해지면 다시 나오도록 해요."

처음엔 신경안정제를 먹고 집에서 편히 쉬면 나을 줄 알았지요. 그러나 학교보다도 집에서 받는 스트레스가 더 컸어요. 어린 두 딸 뒷바라지가 너무 힘들었어요. 아니에요. 정명우 때문이에요. 아무것도 하지 않고 빈둥대면서 큰소리치는 덜떨어진 남편 때문이었다고요. 결국 나는 매일매일 소리 지르다가 웃다가 울다가 또 떠들다가 잠들다가 도저히 집에서는 견딜 수가 없었단 말이에요.

시어머니가 시골에서 올라왔어요. 민숙이 나를 작은 병원에 입원시켰고요. 남편은 차라리 잘 되었다는 표정이었어요.

*

그리운 나의 어머니,

김 교장은 나의 풀어헤친 긴 머리를 뒤로 모아 잡아주며 말했어요.

"마음을 편히 갖도록 해요. 어서 나아야지. 어린 것들이 얼마나 엄마가 보고 싶겠어? 건강 잘 챙기고. 다음에 또 올게요."

나는 교장이 위로금이라고 내미는 흰 봉투를 가운 호주머니에 깊숙이 집어넣고 그것이 빠져나갈까 봐

한 손은 빼지도 않은 채 교장을 배웅했어요. 시어머니 때문에 한집에 살지 못하고 따로 자취 생활을 하고 있는 민숙에게 전해주고 싶었어요.

"참, 교장 선생님, 잠깐만 기다리세요!"

갑자기 떠오르는 게 있었어요. 교장에게 보여주고 싶은 내 모습이에요. 내 방으로 들어와 얼른 침대 아래 숨겨놓았던 4절 켄트지를 꺼냈어요. 그리고 교장 선생님만 보라며 내밀었어요.

레지던트의 지시대로 상담실에 앉아서 온종일 나를 돌아보며, 그림을 그리고 메모를 한 나의 자화상이에요. 날 이해할 수 있는 자료를 교장에게 꼭 보여주고 싶었으니까요.

그녀는 내 그림을 보며 웃어넘길지 몰라요. 그렇지만 거기에는 신데렐라처럼 세상에서 가장 아름다운 내 모습이 그려져 있어요. 높은 구두에, 빨간 드레스, 예쁜 핀을 꽂아 장식을 한 곱슬머리를 양 옆으로 늘어뜨려 인형처럼 아리따운 아가씨가 장미처럼 활짝 웃고 있어요. 그 그림 사이사이로 나의 장점과 단점, 또는 단점의 조절 내용까지 다 적어놓았어요. 아직까지 비밀스런 내용도 다 적혀 있어요. 집에서 술을 마시고, 학교에서는 담배를 몰래 피우고, 약물을 복용하고 있다는 사실 등등.

어머니 기억하시지요?

어렸을 때부터 주위 사람들이 하던 말, '너는 꼭 영화배우가 되거나 미스코리아 선발 대회에 나가보아라.' 나의 겉모습만 보고 말했어요. 내가 중 · 고등학교 시절에 백일장 대회에서 으뜸상을 받고, 노래를 잘 불러서 음악 선생님의 예쁨을 독차지한다고 친구들의 질투를 받았던 사실들은 전혀 모르고 말이에요.

남편 정명우만 생각하면 머리가 지근거려요. 지난번 임신 3개월째 되는 태아를 유산했을 때도 그래요. 내가 아이들을 목욕시키고 타월로 닦고 있는데, 남편이 문을 세게 밀어치는 바람에 내 배에 문고리가 정통으로 맞았어요. 힘없이 바닥에 쓰러졌어요. 내 비명 소리에도 그는 '어디 다쳤어?' 한마디 던져놓고는 TV드라마만 계속 보고 있었어요.

다음 날 아래에서 선지 같은 피가 계속 흘러내렸어요. 내가 도저히 참을 수 없다고 소리를 고래고래 지르자 남편은 그제야 택시를 불렀어요. 병원에서 유산이라 하자 남편은 '그 녀석이 아들일지도 모르는데….' 하며 분에 넘치는 아들 타령으로 내 화를 더욱 북돋아 주더군요.

그와 결혼한 것은 순전히 동정심 때문이었어요. 그 당시 나는 S병원에서 간호사로 근무하고 있었고요. 어머니, 나는 어렸을 때부터 하얀 가운을 입고 환자들을 돌보는 아름다운 천사를 동경했잖아요? 더 나아가 환자들을 살려내는 의사도 되고 싶었어요. 그래서 어려운 형편에서도 4년제 간호학과를 다녔던 것이에요. 급성 폐렴으로 입원한 그와 눈이 맞은 것 또한 내 운명이었을까요? 내가 조금 친절하게 대하면 정말 천진스러운 아기처럼 나에게 미소를 보냈고요.

그때만 해도 한번이라도 더 따스한 손길을 주어야 할 것 같은 연민을 느꼈어요. 그의 수발을 드는 어머니도 나를 붙들고는 묻지도 않은 이야기를 들려주었어요. 지방 대학에서 법대를 졸업하고 서울로 올라와 고시원에서 공부를 하던 중 갑작스레 병원에 입원했다는 거예요.

그가 퇴원을 하고 나서도 일주일에 한 번씩 만났어요. 그가 왜 그렇게 믿음직스럽다 못해 매력적으로 보였는지 '눈에 콩깍지가 씌었다'는 옛말이 하나도 틀리지 않았어요.

*

어머니, 보고 싶은 나의 어머니,

어머닌 딸을 넷이나 키웠지만 두 언니는 이복자매로 아버지와 이혼한 전처소생이었지요. 내 동생 민숙이만 친자매였고요. 그러한 삶을 살면서도 항상 웃음을 잃지 않던 어머닌 불행하게도 당뇨를 앓고 있었어요. 내가 대학 3학년 때, 나는 강남 M병원에서 4개월

간 보호자 간이침대에서 새우잠을 자면서 어머니 간병을 했지요. 설상가상으로 어릴 적부터 소아 당뇨를 앓고 있던 여동생마저 같은 병실에 입원하여 나는 두 사람을 간호하게 되었어요. 어머니의 간곡한 부탁으로 휴학도 못했지요. 그러나 어머니는 그 해 겨울을 넘기지 못했어요. 신부전증으로 인한 심장마비로 세상을 떠났어요. 나는 또 동생마저 어머니처럼 무서운 합병증이 덮칠까 봐 얼마나 마음을 졸였는지요.

한동안 어머니의 죽음을 실감하지 못하고 방황하기 시작했어요. 엄마를 따라 다니던 성당에도 더 이상 나가지 않았고요. 친구 하나 없이 외톨이인 나는 자취방으로 들어올 때면 언제나 맥주나 소주를 한 병씩 사가지고 들어와 혼자서 마시며 울곤 했지요. 동생은 끝내 결핵까지 걸려 숨쉬기도 힘들어 했어요. 아버지는 어머니가 떠난 지 한 달이 못되어 새엄마를 얻었고, 아픈 동생과 대학 생활 1년 남은 나에게 학비는커녕 생활비조차 보내주지 않았어요.

나는 아르바이트를 시작했어요. 토요일엔 식당에서 10시간씩 뛰고, 평일에는 도서관에서 2시간씩 봉사를 하며 공부를 했어요. '강해져야 한다. 강해야 살아날 수 있다.' 나는 나 스스로에게 주문을 외우며 의지와 끈기로 세상을 살아갈 것을 수십 번 다짐했어요.

의대 편입을 하겠다던 나의 꿈은 사라지고, 결국 나는 강남 S병원에 입사했어요. 숨 가쁘게 돌아가는 3교대, 간호사는 당시의 나에겐 최선의 선택이었어요. 희망이라면 하루 빨리 좋은 사람 만나 안정된 가정을 꾸리는 것이었어요. 그때 마침 입원하여 들어온 정명우가 내 남편이 될 것을 하느님은 알고 있었을 텐데 왜 말리지 않으셨을까요?

그는 어렸을 때, 시골 냇가에서 멱을 감고 놀다가 귀에 물이 들어가 귀앓이를 했대요. 그 후유증으로 지금은 양쪽 귀가 보청기 없이는 전혀 들을 수 없는 6급 청각 장애인이에요. 그 사실을 알게 된 것은 그와 교제한지 6개월이 지난 후였어요. 나는 '이 사람의 귀가 되어주어야지.' 하는 생각뿐 더 이상 그를 의심하지 않고 결혼식을 올렸지요. 언젠가 그가 법관이 되리라고만 믿었어요.

행복한 신혼 시절은 그리 길지 않았어요. 곧바로 아이가 들어선 것도 몸을 힘들게 했지만, 나의 빠릿빠릿한 성격과는 달리 그는 그야말로 혼자만의 세계에 갇혀 사는 듯했어요.

"여보! 이것 좀 도와줘요."

열 번은 불러대야 한 번쯤 쳐다볼까 말까, 자신의 일에 집중하고 있으면 아무것도 들리지 않는 모양이에요.

첫애를 임신하여 병원을 그만둔 뒤, 나는 하루에 15시간씩 임용 고시 공부에 매달렸어요. 죽기 살기로 파고들었어요. 스트레스로 체중은 계속해서 늘어나 80kg을 넘어서고, 아기마저 3.9Kg의 거대아를 자연분만 했어요. 항문까지 열상을 입어 제대로 앉지도 못하는 상태에서 아기를 낳고 2개월 만에 임용 고시에 합격했어요. 뛸듯이 기뻤어요. 그때도 맨 처음 떠오르는 얼굴은 어머니였어요. 민숙인 나보다 더 기뻐하며 펑펑 울었어요. 그런데 이건 또 무슨 날벼락인가요? 첫 아기가 백일이 되기도 전에 또 임신을 한 것이에요.

"여자가 곰같이 미련하니 그새 아이를 배었지. 간호사 출신이 그것도 조절 못하느냐?"

시어머니는 마치 나를 색욕이 강한 여자 취급을 하며 속을 뒤집어 놓았어요. 그리고 마지못해 첫애를 봐주러 우리 집으로 들어온 것이지요.

첫 발령을 받은 A중학교는 집에서 너무 멀었어요. 하루에 지하철과 버스를 4시간 이상 타야 했으니까요. 저렴한 곳에 전세를 얻다 보니 직장 가까이로 이사한다는 건 꿈도 꿀 수 없었어요. 거기에다 임신까지 한 몸으로 학교에 나가니 아무도 날 달갑게 여기지 않더라고요. 나는 직장에서도 미운 오리 새끼와 같은 존재였어요.

경제가 어려워지자 남편이 다니던 작은 회사마저 구조 조정에 들어갔고, 결국 남편은 실직을 하게 되었어요. 그 와중에 남편은 고시 공부를 하겠다고 거의 도서실에서 살았지요. 아이들은 낳기만 하면 저절로 크는 줄 알고 있는 남편을 탓할 기운도 없었어요.

둘째를 낳고 산가를 3개월 얻었지만, 산후통 때문에 여간 고통스러운 게 아니었어요. 끌로 뼈를 깎아 내는 듯 온 뼈마디가 쑤셔댔지만, 시어머니는 보약 한 첩 달여 주지 않았어요. 아기의 콧바람에도 손마디가 시리고 아파오는데 나는 누구에게도 말 한마디 못하고 살았어요.

"본 데가 있어야 남편에게 잘하지. 친정 집안이 그 꼴인데, 무얼 보고 자랐겠냐? 애들이라고 어설픈 딸년만 둘이나 연년생으로 쏟아놓고선. 나도 시골 일이 바빠서 여기에 계속 있을 수 없으니, 앞으로 일하는 사람을 부리든지 놀이방에 맡기든지 알아서 해라."

내가 혼자 버는 월급으로 다섯 식구가 먹고 사는데도 시어머니의 지청구는 끝이 없었어요.

그때부터 내 신경질은 날이 갈수록 늘어났어요. 체중이 눈에 띄게 줄어들고, 걸핏하면 아이들을 때리고 야단을 쳐댔어요. 어쩌면 남편과 시어머니에게 퍼붓고 싶은 속마음을 내 아이들에게 퍼부었는지도 몰라요. 나는 이따금씩 심장이 펄떡펄떡 뛰고 불면증에 시달리기 시작했어요. 나는 스스로 병원을 찾아갔지요. 나도 폐동맥판막부전증을 앓았던 터라 혹시 심장이 나빠졌나 싶어 검진을 받아보자는 속셈이었어요. 결과는 우울증으로 판정이 내려졌어요. 나는 시어머니와 남편 몰래 약물 치료와 함께 상담 치료를 계속 받아왔어요. 아, 나에게 주어진 문제들, 듣지 못하는 남편, 연년생인 아기들의 양육, 잔소리 많은 시어머니, 아픈 여동생. 내 어깨 위에 버겁게 짊어지고 있는 이 짐들을 나는 하루빨리 내려놓고 싶어요.

그래도 학교에서 학생들을 치료해 주며 보건 교육

을 하는 것이 유일한 즐거움이었는데 또 소란스러운 일이 벌어졌으니 면목이 없어요. 하지만 난 희망을 가지고 꾸준히 항불안제를 복용하였고요. 언젠가는 다시 병원으로 돌아가 백의의 천사로 남기를 고대했어요.

"저렇게 엉터리 교사에게도 봉급이 나오니 참 교육계가 좋긴 하구먼. 지각을 밥 먹듯이 하고 걸핏하면 아프다고 병가를 내는 데도 학교에서는 괜찮은가 보네."

시어머니는 내가 돈벌이를 하는 것은 다행이지만, 그걸 봐주는 학교가 이상하다고 비아냥댔어요. 맞는 말이에요. 나는 학교에서도 다른 사람보다 한 시간 먼저 퇴근했어요. 합법적으로 병가도 내고 산가도 내고, 육아 시간까지도 더 활용할 수 있었지요. 하지만 나도 교문을 나설 때는 누가 날 볼까 봐 꼬리 잘린 도마뱀처럼 잽싸게 빠져나오곤 했어요.

어머니, 나는 겉으로만 똑똑했지 얼마나 겁쟁이고

비겁한지 나 자신도 잘 알고 있어요. 서른두 살, 아직 꽃다운 나이인데도 언제부터인가 매사에 용기를 잃고, 남들이 수군대는 소리도 흘려듣지 못한 채, 가슴에는 총에 맞은 상처 구멍들이 뻥뻥 뚫려 있음을 감지할 수 있었어요.

내가 다시 복직하여 학교에 나간 지 몇 달이 안 되는 어느 날, 나는 학교 보건실에서 또 큰 소리로 떠들어댔어요.

"세상이 무서워요. 날 지켜줄 사람이 아무도 없어요. 왜 다들 나를 무시하는 거야? 하느님, 왜 저를 버리시나요?"

아무도 의식하지 않았어요. 옆 교실에서부터 여러 선생님들이 모여들고, 비상 연락을 받은 민숙이가 달려오고, 결국 나는 119에 실려 이곳 병원까지 오게 된 것이에요.

*

어머니, 내 말 들리지요?

그러니 내가 더 살아봤자 무슨 영화가 있겠어요?

'그래, 폐에 고름 주머니까지 생겼다는데, 차라리 죽어버리자.'

얼마 전부터 나는 죽을 방법을 찾아내려고 안간힘을 다하고 있어요. 오늘은 김 교장이 두고 간 커다란 꽃바구니에 꽂혀 있는 리본이 눈에 확 들어왔어요. 한쪽에는 '속 쾌유'라고 적혀 있고, 다른 한편에는 'A 중학교 교장'이라고 적힌 제법 긴 리본 줄이 두 가닥이나 매달려 있네요. 꼬불꼬불하게 접어서 모양을 낸 것까지 풀어내니 제법 긴 줄이 생겼어요. 그 줄을 뭉쳐가지고 화장실로 갔어요. 아무도 없었어요. 화장실은 창문도 하나같이 열리지 않는 폐쇄 공간이에요. 뛰어내릴 곳도 없어요. 나는 양변기 뚜껑을 덮고 그 위에 올라가 천장 아래로 설치된 전기 안전 홈통에 몇 가닥 이어진 리본 줄을 걸쳤어요. 그리고 양끝을 잡아 매듭을 만들었어요. 내가 막 줄을 목에 걸고 양변기 아래로 뛰어내리는 순간 화장실 문이 화들짝 열렸어요. 마침 면회하러 온 여동생과 김 간호사가 나를 찾으러 화장실로 달려온 것이에요. 나는 또 실패했어요. 죽고 싶어도 마음대로 죽지도 못하는 게 제 운명인가 봐요. 지난번에는 혀를 깨물고 죽으려 했으나 그것도 용기가 부족하여 스스로 포기하고 말았어요. 민숙인 나를 붙들고 서럽게 울더군요. 어떻게든 살아야 한다면서 진심으로 날 설득했지만 도리질을 했어요. 옆에서 어린 딸애들은 영문도 모르고 엉엉 울어댔어요.

"언니, 일주일만 있으면 퇴원하기로 했는데, 이런 사건이 생기면 입원 기간이 더 늘어난다는 것 몰라? 언니 바보야?"

뒤늦게 달려와 전봇대처럼 멋없이 서 있는 남편을 보자마자 난 또 미친 듯이 소리쳤어요.

"너는 뭐야? 누군데 내 옆에서 얼쩡거리는 거야?

재수 없어. 빨리 사라져!"

남편은 목석처럼 굳어 있다가 울어대는 아이들을 억지로 앞세우고 돌아가 버렸어요. 아닌 게 아니라 나는 또 한 달 후로 퇴원 예정일이 연장되었어요.

면회 고마웠다고, 개학이 되면 건강한 몸으로 나가서 학생들을 잘 돌보겠다고 김 교장 앞으로 메일까지 보내 놓았는데 또 약속을 지킬 수 없게 되었어요. 이젠 나도 내 스스로가 용서되지 않아요. 학생들 속에서 지내는 일이 제일 즐거운 일이라고 했지만, 내 마음도 내가 조절을 못하는데 어떻게 학생들을 지도할 수 있겠어요.

지금은 겨우 45kg도 안 되는 내 몸뚱이가 물에 젖은 솜처럼 무거워져서 더 이상 지탱할 수가 없어요. 나는 또 침대 위에 내 몸을 부려 놓았어요. 나도 모르게 잠이 들었던지 눈을 뜨니 한밤중이었어요. 내가 형광등 스위치를 누르자마자 어제 들어온 옆 침대의 늙은 할머니가 소리 질렀어요.

"너 미쳤니? 지금 몇 시인데 불을 켜는 거야?"

자기나 나나 미친 건 마찬가지지요. 그런데도 모두 자기들은 다 정상이고 남들은 모두 미쳤다고 비난해요. 하기야 이 병원 안에서만 그러는 게 아니지요. 세상살이가 다 그런 거 아닐까요? 미치지 않고 사는 사람이 몇 사람이나 될까요?

나는 화장실에 다녀와서 다시 자리에 누웠어요. 내가 김 교장에게 전한 나의 자화상이 떠올랐어요. 멋진 드레스를 차려입고, 파란 잔디가 펼쳐져 있는 넓은 정원을 여유롭게 거니는 우아한 여인, 젊고 예쁜 법관 사모님. 그리고 그 옆에 깨알같이 적어놓은 글들이 깜깜한 병실 천정에서 은하수처럼 반짝거렸어요.

「이연숙 1980년생, 혈액형 AB+, 원숭이띠. 나의 장점(Plus)은 명랑, 쾌활, 유머 감각, 재치, 순발력, S line, 얼짱! 몸짱! 용기, 자신감, 도전을 두려워하지 않는다. 청소, 설거지, 요리하기도 좋아하고, 나는 불가능을 가능하게 할 수 있다. 노래, 춤, 그림, 피아노,

모든 끼를 가지고 있다. 그런데 사람들이 나를 알아주지 않는다. 슬프다. 나의 단점(minus)은 모든 잘못을 나의 탓으로 여겨 죄책감에 잘 눌린다. 타인의 비난을 견디지 못하고 내구성이 떨어진다. 항상 주목의 대상이 되고 싶다. 종종 백일몽에 사로잡힌다. 계획은 거창한데 행동이 못 미친다. 말이 많아 실수가 잦다. No! 라고 부드럽게 표현하는 능력이 부족하고 참다 참다 그만 헐크처럼 폭발한다. 그래, 맞다 맞아. 그래서 나를 컨트롤하기 위해 나를 돌아본다. 난 내 남편을 우습게 여기고 있어. 그가 옆에만 있으면 막가는 행동을 하게 되거든, 모든 일에 오해가 많아 스스로 좌절감을 느끼고 부정적 사고가 날 꽉 잡고 있다. Bore Pain을 주 2~3회 경험하며 이로 인한 스트레스가 크다. 담배와 알코올 섭취, 폭식 등 올바른 스트레스 해소보다 자학하는 경향이 많다. 친정의 지지세력이 부족하다는 콤플렉스가 있다. 과거 집착 경향이 커서 현실에 불성실하다. 옷, 화장품, 향수, 신발

같은 장신구에 대한 욕심이 많다. 나는 이제 누구보다도 나를 잘 알고 있다고 판단한다. 그래, 내 장점을 살리고 내 단점을 고쳐 나가면 앞으로 살아가는데 지장이 없을 거야. 할 수 없어. 백의천사의 꿈은 포기할 수밖에. 그렇지만 그래. 아직 한 번도 꿈꾸어 보지 않았지만, 언젠가는 나도 연예인들처럼 멋지게 차려입고 많은 관중들이 모인 무대에서 박수갈채를 받는 주인공이 될 수 있어.」

*

어머니, 사랑하는 나의 어머니,

눈이 사르르 감겨오네요. 지금 저 천장 위에서 살며시 미소 지으며 나에게 말을 걸어오는 어머니의 모습이 실제인지 꿈인지 정신이 몽롱해요.

"연숙아, 걱정하지 마, 넌 지금 하얀 가운을 입고 있는 착한 천사야. 어서 일어나 네가 돌보아야 할 어린 자식들과 하느님이 마련해 주신 직장으로 돌아가도록 해. 절대로 희망을 버리지 마라, 나의 딸 연숙아!"

'어머니, 가지 마세요! 제 곁에 그냥 계시면 안 되나요?' 또 꿈이었나 봐요. 어머닌 또 연기처럼 조용히 사라지네요.

"여기가, 어디야? 김 간호사, 내가 왜 여기에 와 있지?"

어머니, 누가 날 지하실 독방으로 옮겨 놓았어요. 침대도 없고요. 방 한쪽 구석엔 허접한 이부자리 한 채와 베개 그리고 성경 외에는 아무것도 보이지 않아요. 방안은 겨우 내 한 몸 누우면 꽉 찰 것 같아요. 저 높은 벽 작은 환기통으로 들어오는 희미한 불빛, 촘촘하게 얽힌 쇠창살과 출입문은 마치 감옥을 연상시켜요."

"나 퇴원할래. 우리 아이들이 날 기다린단 말이야. 빨리 날 내보내 줘!"

갑자기 집에 가고 싶어졌어요. 하루 빨리 이곳을 벗어나야 한다는 생각이 들면서 마음이 급해졌어요. 방문을 마구 두들겼어요.

"내 핸드폰? 남편에게 전화할 거야. 내가 잘못했

다고. 나도 얌전한 아내가 되고 싶어. 그리고 자상한 엄마, 착한 며느리 노릇도 할 거라고. 빨리 날 나가게 해 줘!"

아무리 소리를 질러대도 오늘은 김 간호사조차 들여다보지 않네요.

민 박사가 나타났어요. 나는 그를 향하여 눈을 흘기며 돌아앉아 버렸어요.

"이연숙씨, 당신 남편과 상의를 했어요. 내가 다시 진단서를 끊어주었으니 직장은 1년간 휴직을 하고, 여기에서 마음 편하게 있는 게 좋을 것 같군요. 알았지요?"

"네? 휴직이라고요? 싫어요. 난 학교에 나가야 해요. 그래야 살 수 있어요. 앞으로 잘할게요. 누구에게나 다 잘할게요. 내가 돈을 안 벌면 우리 식구 모두 굶어죽는단 말이에요."

민 박사는 내가 붙든 팔목을 살그머니 뿌리치고 밖으로 나가버렸어요. 대신 김 간호사가 내 핸드폰을 가져다 주었어요.

"배터리가 나가서 충전시켰어요. 시키실 일 있으면 여길 누르세요."

김 간호사는 이제야 방문 옆에 붙어있는 단추 모양의 작은 초인종을 알려주고는 냉정한 태도로 나가버렸어요.

남편에게 문자를 보냈어요. 날 빨리 퇴원시켜야 학교에 나가 돈을 벌 수 있다고, 내가 무조건 잘못했으니 날 좀 도와달라고, 진심으로 간곡하게 메시지를 보냈어요.

"당신 병명이 무엇인지 알아? 과대망상증이야. 앞으로 한 번만 더 자살 시도를 하면 당신과는 끝장이야. 집 걱정은 하지 않아도 돼. 아이들은 어머니가 시골로 데려가기로 했고, 난 다음 고시를 위해서 다시 도서관에 박혀 있을 거야. 꼼짝 말고 병원에서 하라는 대로 하고 있어!"

"나쁜 놈!"

어머니, 무슨 말을 더 하겠어요. 정명우가 법관이 되는 꿈은 포기한 지 오래지만, 이젠 나를 아예 이 안정병동에 영원히 가두어 두려나 봐요. 난 죽고 싶단 말이에요. 어머니, 제발 날 당신 곁으로 데려가 주세요. 처음이자 마지막으로 하는 부탁이에요, 제발!

계간문예(2022년 여름호)

폭염 특보

심리 소설

폭염 특보

1번, 단축키를 눌렀다.

"응, 무슨 일이야?"

남편의 굵직하고 우렁우렁한 음성이 시원스럽게 들려왔다.

"여보, 우리 혁이가 유괴 당했나 봐요!"

간신히 입을 열었지만, 목이 메어서 말을 이어갈 수가 없다.

"뭐라고? 그게 무슨 말이야? 여보, 좀 알아듣게 말해요!"

아까와는 달리, 독화살에 맞아 울부짖는 짐승처럼, 남편의 고함소리가 귀청을 터뜨릴 것만 같다. 하지만 세세한 이야길 나눌 겨를이 없다. 유정은 숨을 헐레벌떡 몰아쉬며, 나는 지금 가까운 경찰서에 신고하러 가고 있으니, 당신도 최대한 빨리 그곳으로 오라며 핸드폰을 껐다.

온몸이 땀으로 범벅이 된 유정은 허둥지둥 경찰서 문을 밀치고 들어갔다.

"우리 아일 찾아주세요. 우리 아이가 유괴 당했어요!"

다짜고짜로 들이닥쳐 외치는 유정을 향하여 경찰서 안에 있던 모든 사람들이 깜짝 놀라 일시에 몸을 돌렸다. 기진맥진한 몸을 부리듯 긴 의자에 털썩 주저앉은 유정은 지금 어떤 절차를 밟아서 어떤 말부터 꺼내야 할지 사리 분별이 안 되었다. 그러자 정복 차림의 여경이 눈을 가늘게 뜨고 유정에게로 다가왔다.

"자세히 말해 보세요! 아이가 몇 살쯤 됩니까? 어디서 어떻게 잃어버렸어요?"

"말할 시간 없어요. 빨리 서둘러 주세요. 그 여잔 노란 원피스를 입었고, 우리 아인 이제 막 돌이 지났어요. 내 아들 이름은 혁이에요. 다들 뭐하고 계셔요? 어서 좀 찾아보라니까요!"

유정은 힘이 쏙 빠져 헉헉대면서도, 경찰들을 향하여 독촉하듯 소리쳤다.

"저 여자 살짝 간 것 같은데요?"

"쯧쯧! 젊은 여인이 안 되었네!"

저희끼리 뭐라고 수군거려도 상관없다. 머리핀은 어디로 달아났는지 생머리가 산발이 되어 미친년 널뛰듯 달렸으니까, 그 정도 비난이야 감수할 수 있다. 동정어린 눈동자들이 벌떼처럼 연이어 날아오는 속에서 유정은 정신이 몽롱해졌다. '엄마'하고 혁이 두 팔을 내밀며 달려왔다. 유정이 그를 꼭 껴안으려 하자, 이내 아이는 엄마를 밀치고 멀리 그 여자 곁으로 달아나 버렸다.

“우리 혁이요. 혁일 찾아주세요!”

입에 녹음기를 달아놓은 것처럼 유정은 똑같은 말을 끊임없이 되풀이했다.

“아주머니. 그럼, 아일 유괴해 간 여자를 직접 보셨단 말인가요?”

믿어지지 않는 듯, 그러면서도 불쌍히 여기는 말투로 여경이 유정에게 조용히 물어왔다.

“그래요, 그 여자 얼굴은 반반하고, 이름은 고성애에요. 우리 집에서 두 달 이상 살았다고요. 지금 내 전화는 아예 받지도 않아요. 우리 아일 데리고 도망쳤어요. 내가 1시에 퇴근하여 시장이랑 마트랑 다 찾아다녔는데도 안 보여요. 설마 우리 혁이 어떻게 된 거 아니겠지요?”

이번엔 자신의 얼굴을 빤히 바라보고 있는 여경에게 애원하듯 매달렸다.

“참, 아주머니도 이 무더위에 여섯 시간도 넘게 돌

아다녔군요. 자, 다시 천천히 말씀해 보세요. 그 여자의 전화번호도 알고 있단 말이지요?"

"여기, 스무 번도 넘게 전화를 했으니까 보세요!"

유정은 자기의 핸드폰을 여경에게 넘겨주고는 죄어오는 머리를 감싸며 실신하듯 긴 의자에 몸을 던졌다.

*　　*　　*

「체육관 앞. 꽃무늬 원피스에 양산을 들었어요.」

유정은 핸드폰에 찍힌 문자를 확인하고, 체육관 앞으로 달려 나갔다.

이른 아침인데도 많은 사람들이 북적거렸다. 천천히 챙기고 나와도 되련만 단발머리를 뒤로 질끈 묶고, 반바지 차림에 샌들을 질질 끌고 나온 자신의 꼴이 좀 민망하였다. 유정은 오가는 사람들의 시선일랑 아랑곳없이 꽃무늬 원피스를 입은 여인을 찾는 데만 신경을 곤두세웠다.

'어떻게 생겼을까? 몸매와 키는?'

쓸데없는 생각이다. 그런 건 다 필요 없는 조건들이다. 그저 건강하고, 마음 착하고, 부지런한 여자면 된다. 그러면 오케이다. 차라리 팔뚝이 굵고 힘이 센 여자였으면 더 좋겠다. 하지만 이 여름에 꽃무늬 원피스를 입고, 양산을 든 여인이 어디 하나둘인가? 나름대로 특징이라고 적은 것이 알량하기 짝이 없지만, 당장 내일부터 아이를 맡길 사람이 필요한 유정은 이모가 구세주였다.

*

결혼하고 3년이나 직장을 놓고 있던 유정이 지난봄에 복직을 했다. 그러나 주위 사람들은 유정을 축하해 주기는커녕, 하나같이 탓하고 나무랐다.

"교수 마누라가 뭐가 부족하여 복직을 해? 욕심 부리지 말고 아이나 잘 키울 일이지."

시어머니도, 시누이도, 동서들도 이구동성으로 같은 말을 했다. 시집 식구뿐만이 아니었다. 아이를 맡길 사람을 찾느라 이리저리 전화를 할 때마다 똑같은 소릴 귀가 따갑게 들었다.

하지만 당신들이 무얼 알겠는가? 그때 유정이 끝까지 거절했어야 했는데, 그의 청혼에 응한 것부터가 잘못이었다. 그런 자리가 어디 쉽게 나오느냐고 졸라대는 이모와 그 정도면 제 발등에 불을 끌 사람이니 만나보기라도 하라는 큰오빠의 권유 때문에 그와 마주앉은 것이 고생길로 들어선 시발점이었다.

어머니가 돌아가시고 1년도 채 안 되었을 때 유정은 민 교수를 만났다. 눈에 콩깍지가 씌었던지, 세탁기에서 금방 꺼내 입은 것처럼 쭈글쭈글한 티셔츠에다 닳아진 그의 청바지 차림이 왜 그렇게 연민의 정을 느끼게 했던지 지금 생각하면 허탈하기 짝이 없다. 그게 다 팔자소관인지 모른다. 훤칠한 키와 생김새가 그런대로 봐줄 만했다. 특히 호감이 가는 것은 테너 가수라 해도 손색이 없을 만큼 낮은 듯 굵고 우렁차며 감미롭기까지 한 천상의 목소리였다, 그의 다정다감한 말소리는 세상의 고독이 다 제 것인 양 우울해 있던 유정의 마음을 충분히 녹여 주고도 남았다. 편지 한 장 보내지 않고, 전화나 전보를 치고 달려오는 그가 무척 박력 있게 보였기에, 둘이 동성연애를 하느냐며 오해를 받던 친구 민예까지도 그와의 결혼에 찬성표를 던져 주었다.

어쨌든 시집이라고 와보니, 그동안 남편이 벌어들인 돈은 모두 시골 본가에 보내어 집수리며 전답을 늘리는 데 보태졌고, 그 때문에 효자라는 딱지도 하나 붙어 있었지만. 그에게는 겨우 식탁이 환히 보이는 좁은 거실에 방 두 개가 딸려 있는 작은 집이 전부였다. 그것도 전세로 살기 때문에 집주인에게 맡겨놓은 보증금이 그의 전 재산이었다. 그것도 모르고 유정인 결혼 전에 민 교수가 당장 직장을 그만 두고 대학원에 진학하여 전공을 살리라는 말에 얼씨구나 좋다 하고 사표를 낸 것이 첫 단추를 잘못 낀 셈이었다. 등록을 한 지 얼마 안 가서 바로 임신을 했으니 입덧이 심하여 아예 공부는 뒷전으로 돌렸다. 더욱이 남편은 정교수도 아니고, 시간 강사로 서너 학교를 순회하고 있었기에, 그의 월급은 여기저기 출강하며 교통비와 식비로 모두 소진하면 그 뿐, 집으로 가져오는 돈은 아이의 분유 값에도 못 미쳤다. 거기에다 유정이 아파트를 분양 받을 욕심으로 최근에 청약 통장까지 만들어 놓은 터라, 매달 정액을 챙겨낸다는 것은 벼룩의 간을 내듯 힘들었다.

이러한 속사정을 알아줄 사람이 누가 있겠는가? 자존심 빼놓으면 시체인 유정이 친정 오빠들과 올케한테 하소연할 일인가? 그렇게 좋은 자리로 시집가려고 엄마 속을 다 태웠느냐며 지탄할 게 뻔하다, 아니 친척들에게 비난의 화젯거리를 만들어주고 싶지 않았다. 유정도 어머니에 대한 죄책감만은 버리지 못했다. 외딸이라고 그토록 애지중지 키웠건만, 좋은 혼처 자리를 모두 마다하고, 끝내 독신녀를 고집하는 딸을 포기한 채, 눈을 감으신 어머니에 대한 불효를 자신도 통감하며 후회하고 있다. 어머니 이상으로 자기를 걱정하고 있는 이모에게도 모두 다 털어놓을 수는 없었다. '초년고생은 사서도 한다'는데, 조금만 참으면 금방 힘을 필 것이라며 또 좋은 소리만 골라할 테니 말이다. 유정은 벙어리 냉가슴 앓듯 속으로만 끙끙댈 뿐, 가장 친한 친구 민예한테도 이런 궁한 처지를 입도 뻥긋 못했다.

*

결국 유정은 결혼하기 전에 다니던 학교에 전화를 걸어 기간제 교사 자리라도 생기면 연락을 달라고 부탁을 해 놓았는데, 다행히 그 소망이 이루어진 것이다. 유정이 맡은 영어과 정교사가 3년 계약을 하고 외국 어학연수를 갔기 때문에 최소한 3년은 직장생활이 보장된 것이다. 또한 그 영어 교사가 연장을 하여 입국하지 않거나, 또 다른 학교의 영어 교사가 결원이 된 자리로 연결만 잘 된다면 월급은 꼬박꼬박 나올 테니 말이다. 그러나 당장 어린 것이 문제였다. 이제 걸음을 걷기 시작하면서 모든 것에 호기심을 보이는 혁일 아무한테나 맡기고 싶지 않았지만, 시어머닌 벌써 시누이가 선수를 쳐서 자기네 집으로 모셔가 버렸다.

"돈 잘 벌어대는 내 아들 뒷바라지나 잘할 것이지, 집안 살림 하기 싫으니까 나가는 걸 어찌 하겠어? 제 자식은 제가 길러야지."

집에서 펑펑 놀며 살림만 하고 있는 시누이의 아이를 둘씩이나 돌보면서, 입에서 나오는 말마다 꽈배기엿처럼 배배 비틀어 꼬아 곱지 않게 던지는 시어머니한테 무엇을 기대하겠는가. 유정이 오로지 도움을 청할 곳은 단 하나뿐인 친정 이모였다. 그래서 몇 달간은 이모가 아이를 돌보면서 살림을 도맡아 주었다. 하지만 갑자기 사정이 달라진 것이다. 이모 큰며느리가 출산을 했기 때문에 더 이상 이모를 붙잡을 수가 없었다.

"내 나이도 환갑이 넘었는데, 우리 며느리 눈에 벗어나면 안 되지. 미안하다. 유정아."

유정은 하는 수 없이 수소문하여 아침에 집으로 와서 아이를 보다가 저녁 퇴근 시간에 아이를 인계하고 떠나는 돌봄이 아주머니를 소개 받았다. 하지만 마음에 드는 게 한 가지도 없었다. 아주머니는 아이의 분유를 챙기고, 기저귀만 갈아줄 뿐, 위생 관념은 손톱만큼도 없었다. 거기에다 종일 아이를 돌본다는 핑계로 빨래나 반찬 같은 건 거들떠보지도 않았다. 그런데도 아이는 어떻게 된 일인지 매일 저녁 늦게까지 칭얼대며 유정을 애먹였다. 겨우 달래어 아이를 잠재우고 나서 밤늦도록 밀린 빨래를 하곤 했다. 피곤해 지친 유정은 출근하기도 바쁜데 남편 뒷바라지나 반찬 마련은 엄두도 못 낼 판이었다. 어쩌다가 회식이 있는 날, 퇴근이 좀 늦어지면, 아이를 맡은 남편은 오만상을 찌푸리며 당장 직장을 그만 둘 수 없느냐고 투덜댔다. 유정은 다른 사람들로부터 부처님 가운데 토막이라 칭송을 받는 남편이 집 안에서 자기에게만 유독 짜증을 내고 있다는 사실을 도저히 묵

과할 수 없었다.

“아무래도 우리 집에 상주하는 사람을 구해야 되겠어요. 이모, 어떻게 해요? 팔방으로 알아봐 주세요. 정말이지 급해요.”

유정은 또 이모에게 통사정을 했다. 그런 뒤, 며칠 있다가 이모한테서 전화가 온 것이다.

“네가 급하다니 우선 한 사람 소개하겠다. 나의 시댁 쪽으로 조카뻘 되는 사람인데, 너와 나이가 비슷하니까 아이는 잘 돌볼 것 같구나. 그렇지만 오래 도와주진 못할 거야. 최근에 혼자 되어 살고 있다기에 부탁을 했더니, 선뜻 대답을 했어. 고맙지 뭐냐? 자세한 것은 다음에 이야기 하고 우선 급한 불부터 꺼야지. 그리고 차차 마땅한 사람 더 구해보자. 내가 그쪽에다 네 전화번호를 알려주었으니, 일요일 아침에 만나 보아라.”

이 세상에 유정을 생각해 주는 사람은 오로지 이모 하나뿐이란 생각까지 들었다. 정말 잘 되었다 싶어 그 말을 전하자, 남편은 당신 알아서 하라며, TV 화면에서 고개도 돌리지 않았다. 소귀에 경 읽기였지만, 그러던 말던 유정은 무척 기분이 좋았다. 그래서 일요일 아침 일찍 일어나 집안 청소를 대강 해놓고 그녀의 전화를 기다린 것이다.

*

'9시가 훨씬 넘었는데 나타나지 않는 걸 보면 허탕인가?'

유정이 버스에서 내리는 사람들까지 유심히 살펴보다가 맥이 탁 풀어져서 주변을 둘러보는데, 저쪽 체육관 개찰구 옆에 한 여인이 분홍빛 양산을 쓰고 서 있는 것이 눈에 띄었다. 하늘하늘한 인견에 자잘하게 노란 꽃무늬가 새겨져 있는 원피스를 입은 것으로 보아 그녀 같았다. 유정이 천천히 그쪽으로 발걸음을 옮겼다.

"혹시 혁이 집을 찾아온 사람 아닌가요?"

"네, 맞습니다."

첫인상이 매우 좋아보였다. 낯이 설지 않아, 어느 연속 방송극에서 많이 보았던 탤런트와 비슷하다는 생각을 얼핏 했다.

"어머나, 그러세요? 병호 엄마가 보내셨지요? 그분이 우리 이모에요. 정말 반갑습니다."

"네, 저에게는 숙모가 되는데 급한 처지니 며칠만 도와주라고 해서 왔어요."

"어쨌든 감사합니다. 절 따라오세요. 저쪽 위로 5분만 걸으면 저희 집이에요."

유정은 그녀가 어깨에 걸치고 온 커다란 비치백을 받아들고 앞장을 섰다. 생각보다 미녀였다. 키도 훤칠하게 크고, 웨이브를 넣은 긴 머리를 찰랑찰랑 뒤로 넘겨 예쁜 머리핀으로 장식도 했다. 한 마디로 늘씬하고 멋진 여인이었다.

"그런데, 고향이 어디세요?"

그녀가 유정이 뒤를 좇아오며 질문을 던졌다.

"네, 아래쪽인데 억양을 봐서는 동향 같네요?"

유정도 다른 사람에게 대하는 것보다 더 친절한 말투로 대답했다.

"혹시 B중학교 나오지 않았어요?"

"네, 맞아요. 어떻게 그 학교를 아세요?"

유정이 뒤돌아보며 물었다.

"숙모가 얼핏 이야긴 했지만 건성으로 들었는데, 우리 동창생 같아요. 신유정씨 아닌가요?"

그녀는 더 이상 발걸음을 옮기지 않은 채, 유정을 빤히 바라보며 말했다.

"어머나! 제 이름을 어떻게? 난 잘 모르겠는데,"

"맞아. 공부 잘하고 똑똑해서 선생님들이 무척 예뻐하던 반장 유정이. 난 고성애. 그때도 키가 크고 결석이 잦아서 맨 뒷자리에 혼자 앉아 있었어. 넌 기억이 안 날 거야."

"고성애? 그래 들어본 이름 같네. 어쨌든 반갑다. 그럼 우리가 몇 년 만에 만난 거야? 자, 어서 가자."

유정인 금방 허물이 없어져서 그녀와 함께 말을 놓

으며, 체육관 건물 뒤 조금 가파른 언덕길로 올라섰다. 이윽고 파란 대문 앞에 멈춰 섰다.

"여기야. 집이 작아서 할 일은 많지 않아. 아이만 잘 키워주면 돼."

하지만 그녀는 갑자기 호랑이굴에 들어가는 토끼처럼 몸을 움츠리며, 뒷걸음질을 쳤다.

"아니야, 동창생인 줄 알았으면 내가 거절했지. 모르고 왔어. 나 그냥 갈래."

"성애야, 무슨 소리야? 들어가서 이야기 하자. 우리 아일 봐주는 건 다음 문제고, 중학교 동창생을 만났으니 차라도 한 잔 대접하는 게 내 도리지 않니? 어서 들어가자."

유정은 간신히 그녀의 등을 떠밀다시피 하여 현관문을 열고 들어섰다.

"어서 오세요. 반갑습니다."

남편은 그녀를 흘낏 쳐다보며 인사치레를 하고는 곧바로 안방으로 들어가 버렸다.

"이리로 와. 성애야. 그 동안 어떻게 지냈는지 궁금하다. 어서 앉아."

마침 아이가 자고 있어서 유정인 그녀를 식탁 의자에 앉히고 커피를 내놓았다.

성애 말대로 중학교 때, 그녀와 가깝게 지낸 사이는 아니었지만, 동창생인데다가 같은 반이었으며, 더욱이 혼자되었다는 데 궁금한 것이 한두 가지가 아니었다.

"난 고등학교 졸업 후, 은행에 취직했다가 나이 스물에 아무것도 모르고 결혼했었어. 그런데 곧 이혼했지. 남편이 바람을 피워서. 지금 그 사람은 캐나다로 이민 가버렸고. 난 어렸을 때부터 부모 복도 없었어. 계모 밑에서 자라며 고등학교 졸업장도 간신히 받았으니까."

"아이는 없었니? 이렇게 멋진 여인을 버리고, 바람을 피워? 그 사람 벌 받아야겠다."

"응, 아이가 생기기 전에 헤어졌으니까, 벌써 7년이나 지난 일인 걸. 뭐."

그녀는 쓰디쓴 입맛을 다시듯 침을 꿀꺽 삼키며, 억지로 밝은 미소를 지어 보였다.

"그랬었구나. 그 동안 마음고생 참 많이 했겠다."

유정이 맞장구를 치며 그녀의 이야길 다 듣고 나서, 이번엔 자기 이야길 꺼냈다.

"나는 어머니 돌아가신 뒤 마음이 허전해진 상태에서 대학교수라는 말만 듣고 결혼을 했는데, 알고 보니 불알 두 쪽만 찬 남자였어. 그래서 어쩔 수 없이 다시 복직하게 된 거야."

그 말에 그녀는 안방 쪽으로 살짝 눈을 돌렸다가는 이내 환하게 웃으며 긴장을 풀었다. 하얀 이를 드러내며 활짝 웃는 모습이 샘이 날 정도로 매력적이었다.

"그런데 우리 아일 맡길 사람이 없어. 몇 달간은 우리 이모가 봐주셨는데, 이모는 자기 손자가 우선이라며 가버렸지 뭐야? 당장 내일부터 우리 아일 봐 줄 사람이 없단다. 곧 다른 사람을 구해 볼 테니까 그때까지만 날 좀 도와줄 수 없을까?"

"알았어. 되도록 빨리 구해라. 숙모가 어찌나 숨넘어가는 소릴 했던지 자세히 알아보지도 않고 왔으니 며칠간만 있어줄 게."

유정은 출근하며 몇 차례나 뒤를 돌아보며 손을 흔들었다. 미안하고 고마웠다. 그래도 생판 모르는 사람이 아니라서 안심이 되었다. 아이만 잘 봐주면 더 이상 바랄 게 없었다. 퇴근하여 집에 돌아온 유정은 동화 속 요정이라도 다녀간 것 같은 집안 공기에 눈이 휘둥그레졌다. 현관 앞 신발장부터 달라졌다. 너절하게 나와 있던 신발들이 모두 치워지고 우산꽂이에 꽂혀 있는 우산들도 죽순처럼 가지런하다. 거실이 깨끗하게 정리되어 있고, 펄펄 끓는 찌개와 저녁 반찬이 골고루 차려져 있었다.

"얘는, 우리 아이만 잘 봐주면 돼. 청소나 반찬 준비는 안 해도 되는데."

황송하기 그지없어 유정은 어쩔 줄 몰라 하며, 식

탁에 마주 앉은 남편을 바라보았다. 아무 소리도 하지 않고, 국물을 떠먹고 있는 그의 얼굴에 흐뭇한 미소가 감돌고 있었다.

"오랜만에 시골 된장찌개 맛을 본 것 같습니다. 잘 먹었습니다."

남편은 그녀에게 감사하다는 인사를 하고, 저만큼 물러나 소파로 가서 텔레비전을 켰다.

유정은 설거지는 자기가 하겠다고 나섰지만, 그녀는 낮에 학생들 가르치느라 힘들었을 텐데 그만 두라며 모든 걸 자신이 해치웠다. 후식으로 과일도 깎아냈다.

"언제 장까지 봤었니? 아직 돈도 주지 않았는데, 어떻게 된 거야?"

"걱정 마, 아일 데리고 잠깐 동네 한 바퀴를 돌아봤어. 서울인데도 무척 조용하고 살만한 곳이구나. 시장도 가깝고."

"아이가 업어달라고 할 텐데, 힘들지 않았어?"

"응, 잠깐씩 걷기도 하고 업기도 하면서 한가하게 다녔어."

그렇게 생각해서인지 아이도 생글생글 그녀를 잘 따랐다. 혁인 그녀가 낮에 사준 장난감 자동차를 손에서 놓지 않았다. 처음엔 엄마! 하고 반기면서 달려들던 아이가 밤이 되자 그녀의 무릎에서 스르르 잠이 들었다.

"안방에 가서 편히 자. 이제부터 내가 혁일 데리고 잘 테니까 염려 말고."

그녀는 벌써 아이를 몇 명 길러본 사람 같았고, 이모 이상으로 유정일 배려해 주었다. 정말 하느님이 보내준 천사가 아닌가 생각하며 유정인 모처럼 남편의 옆자리로 파고들었다.

"이 사람 봐라. 저쪽 방에 당신 친구가 자고 있지 않아? 저만큼 떨어져 누워!"

"별걸 다 신경 쓰시네. 아마도 피곤해서 금방 잠에 떨어졌을 거야. 어쨌든 부지런하죠? 내가 좀 인덕은 있는 편이라니까. 무엇보다도 우리 혁일 예뻐하니까 그것이 제일 마음에 들어. 당신도 좋지요? 반찬도 잘 하고."

"그래도 동창생을 데리고 있으면 다른 친구들이 뭐라 하겠소. 한시라도 빨리 내보냅시다."

"흥, 속으론 좋으면서 능청을 떠시긴."

유정인 행여나 남편이 그녀를 어려워할까 봐 중학교 시절 어렴풋이 떠오르는 고향의 추억까지 끄집어 내면서 한참을 지껄여댔다.

일주일이 지났다. 한결 깨끗해진 집안에서 즐거운 나머지 평화롭기까지 했다. 주말에 그녀는 자기 집에 다녀온다고 떠났다. 유정인 어쩌면 그녀가 돌아오지 않을 수도 있다는 생각을 했다. 그런데 일요일 저녁 늦게 돌아왔다. 오히려 자기 집에서 해놓은 매실 액이랑 밑반찬 몇 가지를 싸들고 왔다. 아이는 그녀가 사온 과자를 먹으며 좋아했고, 남편도 호탕하게 웃으며 그녀를 환영했다.

"난 네가 안 오면 어쩌나 걱정을 했어."

유정이 솔직한 심정을 털어놓았다.

"나도 좀 망설였지만, 벌써 정이 들었는지 혁이 얼굴이 떠올라서 서둘러 돌아왔지 뭐야."

이제 말을 배우기 시작한 혁이가 반복 연습시킨 '이모!' 소리를 하며 달려들자, 그녀는 마치 자기 아기를 품에 안 듯 꼭 껴안고 입을 맞추었다. 남편의 눈웃음을 유정이 훔쳐보았다.

다음 날, 퇴근하고 돌아온 유정의 눈에 아들보다 그녀의 모습이 먼저 들어왔다. 노란 바탕에 황금색 잔물결이 야스럽게 그려져 있는 홈드레스를 입고 싱크대 앞에서 요리를 하고 있는 그녀를 보는 순간 '참 색시하다!'는 생각을 했다.

"혁인 자니?"

"아니, 교수님이 먼저 들어오셔서 혁이랑 안방에서 놀고 계셔."

참, 이상한 일이다. 항상 자기보다 늦게 귀가하는

남편이 웬일로 일찍 들어왔을까? 해가 서쪽에서 뜰 일이다. 남편은 발목 잘린 장수풍뎅이처럼 방바닥에 벌렁 드러누워 무릎 위에 혁일 올려놓고 휘익! 휘익! 하며 비행기를 태워주고 있었다. 아이도 신바람이 나서 깔깔거리며 웃어댔다. 집안 분위기가 완전히 달라졌다. 유정인 좋아해야 할지 어떨지 조금은 어리둥절했다. 마치 다른 집에 온 것처럼 낯설기까지 했다.

*

그녀가 유정이 집에 머무른 지도 벌써 두 달이 넘었다. 어쨌든 유정은 집안일은 대부분 성애에게 일임하고 그야말로 편한 사모님으로 직장에 나갈 수 있었다.

하루는 점심시간에 학교 동료들과 수다를 떨다가 그녀 이야기를 꺼냈다. 음식도 깔끔하게 잘하고 아이도 엄마 이상으로 잘 봐주기 때문에 너무나 행복하다고 말했다. 그러자, 나이가 지긋한 부장교사가 한 마디 거들었다.

"아니, 신 선생, 소설 쓸 일 있어? 빨리 내보내, 잘못하면 남편을 도둑맞을 수 있다니까."

"하하하, 그렇게 멋지고 센스 있는 여인이 가정부로 들어올 때는 좀 수상하다. 나도 같은 생각이야. 일 벌어지기 전에 어서 내쫓으세요."

같은 또래 동료 교사까지 유정이 마치 모험을 하고 있다는 듯, 돌아가며 한 마디씩 했다. 그리고 신 선생 집에 언제 한 번 기습 공격을 해야 하지 않겠느냐며 놀려댔다.

"전 아무렇지 않아요. 동창생이 아니라 우리 언니가 와서 도와준다고 생각해요. 아이만 잘 돌보면 그만이지. 다른 게 무슨 소용이 있어요? 설령 남편을 뺏긴다 해도 난 괜찮아요."

공연히 말을 꺼냈다 싶어 농담을 농담으로 받아넘기며 급기야는 허세까지 부렸다.

"아휴, 저렇게 순진하긴. 자기가 더 잘 났으니 걱정 없다는 말인가? 민 교수라고 어디 신유정만 좋아하라는 법 있어?"

유정은 앞으론 더 이상 선생님들과 집안 이야길랑 나누지 않겠다고 결심했다. 그렇지만 집에 오는 동안 그 농담들이 쉽게 지워지지 않았다. 공연히 마음이 무거워졌다.

머리를 좌우로 흔들며 가벼운 걸음으로 현관문을 열었다. 그녀가 반가운 얼굴로 고개를 내밀며 어서 오라고 했다. 오늘은 금방 버무린 겉절이와 참기름을 두른 뜨끈뜨끈한 잡채, 그리고 노릇노릇 지져낸 호박전이 저녁 입맛을 돋우었다.

"아이 보면서 언제 이런 걸 준비했니? 그냥 김치하고만 내놓아도 고마운데."

친구에게 궂은일을 시켜 미안하긴 했지만, 지난달 월급도 남들이 주는 것보다 훨씬 후하게 주었으니까 이 정도는 당연히 해야지 하는 생각도 내심 없진 않았다.

그런데 아무래도 걸리는 게 있다. 요즈음 아침 시

간에 남편이 입고 나가는 와이셔츠가 너무 번지르르하다. 그녀가 다리미로 정성들여 다려놓았기 때문이다. 양말도 손수건도 그렇지만 남편의 팬티까지 그녀가 빨아서 손질해 주는 건 좀 그렇다. 조금은 야릇한 생각이 들었다.

그것뿐이 아니었다. 어제는 남편이 감기약을 사왔다. 그녀가 기침을 하기에 사왔다는 것이다. 그녀의 감기가 혁에게 옮기면 안 되니까 빨리 손을 썼다는데 하나도 틀리지 않았다.

유정이 불길한 생각을 하지 않으려고 애썼지만, 그럴수록 학교 선생님들이 떠들어대던 말들이 자꾸만 귓가에 맴돌았다.

"성애야, 너에게 할 말 있는데, 괜찮겠니?"

"무슨 애긴데. 말해 봐."

유정은 애써 속마음을 감추고 천연덕스럽게 말을 꺼냈다.

"일주일만 있으면 우리 여름 방학을 하거든, 그 때

까지만 내가 우리 집에 있어주면 될 것 같아. 방학 때는 내가 집안 살림을 좀 하다가 개학이 되면 그때 다른 사람을 구하든지 하려고."

"유정아, 혹시 내가 뭘 잘못한 게 있는 거야? 난 열심히 한다고 했는데."

그녀의 얼굴이 금방 빨개지면서 울먹이는 소리로 대답했다.

"아니야, 방학 동안에도 널 일시키면 내가 편치 않을 것 같아서-."

"난 괜찮아, 솔직히 너희 집에 와 있으니까 내 마음이 이렇게 편할 수가 없어. 교수님도 너도 남 같지가 않아. 친 가족처럼 대해 주어서 좋아. 그 동안 난 안 해본 일이 없단다. 식당일도 해보고, 공장일도, 심지어는 노래방에 나가서 손님 접대도 해봤어. 월급은 반만 주어도 좋으니 그냥 여기에서 계속 지내면 안 되겠니?"

뜻밖의 대답이었다. 유정은 망치로 머리를 한 대

얻어맞은 것처럼 멍해져서 잠시 할 말을 잃고 그녀의 얼굴만 한참 동안 바라보았다. 체면을 가리지 않고 말을 이어가던 그녀는 유정의 눈과 마주치자 이내 머쓱해졌다.

“나도 많이 생각했어. 그러니 일주일 후에 떠날 준비를 해. 알았지?”

유정이 그녀에게 미안해하면서 한편으론 안됐다 싶은 생각에 그녀의 두 손을 꼭 붙잡았다. 꺼칠한 촉감이 섬뜩하게 느껴졌다. 그녀의 손을 내려다보았다. 그녀의 손 같지가 않았다. 그녀의 손이라고 믿을 수가 없었다. 이목구비 어디 한 군데 나무랄 데 없는데다 항상 새벽 일찍 일어나 화장을 하고 나오기 때문에 기미 한 점 본 적이 없는 얼굴이다. 옷도 매일매일 세련된 홈드레스로 깔끔하게 차려 입기에 당초부터 가정부 역은 어울리지 않는다고 생각해 왔었다. 예쁜 미소까지 한 몫 더하는 그녀가 멋진 몸매와는 어울리지 않게 거북이 등처럼 커다랗고 거칠거칠한 손을 소유하고 있다는 것은 새로운 발견이었다.

'아니, 손이 이렇게 생겼으면서도 맨날 손빨래만 고집하고, 설거지 할 때도 고무장갑을 끼면 답답하다고 했단 말인가?'

유정도 갑자기 눈시울이 따끔해지는 걸 느꼈다. 그렇지만 눈치 채지 않게 자리에서 벌떡 일어나 냉정한 태도로 안방으로 씽씽 건너와 버렸다.

다음 날 아침, 유정은 그녀가 부엌에서 노란 원피스 차림으로 설거지를 하는 모습을 보며 한 번 더 강조했다.

"내가 어젯밤에 한 말 생각해 보았지? 다른 곳을 알아보는 것도 괜찮을 거야. 식탁 위에 봉투, 이번 달 수고비 넉넉하게 넣어 놓았어. 나도 네 일자리를 좀 알아볼게."

아무 대답도 없던 그녀는 유정이 현관문을 밀고 나오는 뒤에서 작은 소리로 중얼거렸다.

"알았어, 그 동안 못했던 이불 빨래랑 커튼이랑 좀

빨아놓고 그런 다음에 천천히 갈게."

그녀는 자기 할 일이 아직 남아있어 떠날 수 없다는 듯 말했다. 알 수 없는 노릇이었다.

*

그런데 이상했다.

유정이 토요일이라 일찍 퇴근하여 집에 와 보니, 점심 준비를 해놓고 기다려야 할 그녀가 보이지 않았다. 그녀뿐만 아니라 아이도 없었다. 욕실과 화장실까지 아니 담벼락을 끼고 집 안팎을 다 찾아봐도 두 사람은 눈에 띄지 않았다. 혹시 이불 빨래를 손질하고 있나 싶어 옥상에도 올라가 보았지만, 빨랫줄에는 이불은커녕 수건 한 장 걸려있지 않았다. 어쨌든 시장 아니면 갈 데가 없을 테니 슬슬 마중을 나가봐야겠다고 생각했다. 마침 바지를 입었기에 그대로 구두만 운동화로 갈아 신었다. 혹시 아이가 보채어 등에 업고 오다가 잠이 들었으면 시장바구니를 들고 얼마나 무거워 할까 하는 걱정까지 하면서 빠른 걸음으로 체육관 앞 횡단보도를 건넜다.

시장 안은 한창 붐비었다. 어느 골목으로 가야 할지 망설이다가 먼저 생선전을 돌아보고, 야채 가게가 죽 늘어서 있는 곳을 이리저리 둘러보며 걸었다. 그런데 그녀는 보이지 않았다. 노란 원피스니까 금방 눈에 뜨일 텐데, 과일 가게 골목에서도 헛수고만 했다.

'아참, 핸드폰이 있었지?'

이제야 바지 호주머니에 핸드폰이 들어있다는 것을 생각해낸 유정은 그녀의 번호를 찾아 눌렀다. 하지만 신호는 가는데 받지 않았다.

'맞아, 장난감을 사려고 마트로 갔겠지. 머리가 나쁘면 몸이 고생한다니까.'

유정은 발길을 돌려 백화점 못지않게 다양한 물건을 팔고 있는 마트로 들어갔다. 며칠 전에도 그녀는 꽤 값이 나가는 장난감과 그림책을 혁에게 사다준 적이 있었다. 그러나 장난감 가게에도 그림책을 팔고 있는 서점에도 그녀는 없었다. 유정은 길을 걸으며,

수차례 그녀의 번호를 눌러댔다. 컬러링 소리만 계속 들려왔다.

'당신은 사랑받기 위해 태어난 사람.'

이젠 그 노래 소리도 지겹다. 무슨 일이 생긴 걸까? 어째서 핸드폰도 받지 않는단 말인가?

'그렇다면 이 여자가 우리 혁일?'

생각이 여기에 미치자 유정인 금방 현기증이 일어나며, 눈앞이 깜깜해지고 몸을 가눌 수가 없었다. 그럴 리 없다고 도리질을 해보지만, 머릿속에 떠오르는 건 그녀가 혁일 안고 어디론가 부리나케 도망치는 모습이 자꾸 떠올랐다.

'우리 혁이, 어떻게 해?'

유정은 일단 남편에게 알리고, 경찰서에 신고하는 것이 우선이란 생각이 들었다.

*　　*　　*

"네, 알겠습니다. 이모님, 그럼, 기다리겠습니다."

어렴풋이 남편의 목소리가 들리는 것 같아 유정은 살그머니 눈을 떴다.

"여보, 여기가 어디에요? 우리 혁일 찾았어요?"

"정신 차려! 칠칠맞게 이런 곳에서 자고 있어? "

남편의 말에 깜짝 놀라 일어나보니, 경찰서 안의 긴 의자였다.

"아, 머리야, 머리가 빠개질 듯 아파요. 그런데 여보, 우리 혁인?"

"이 불볕 속에서 몇 시간을 헤맸으니 더위도 먹었겠지. 오늘 폭염 특보가 내려지고 한낮 온도가 35도가 넘었었어. 그런데 시장이고 마트고 다 돌아다녔다며?"

"성애, 그 나쁜 년이 우리 혁일 유괴했어요. 더 멀리 달아나기 전에 빨리 찾아야 해요."

안절부절 어쩔 줄 몰라 하며 떠들어대는 유정일 남편이 부축하여 일으켜 세웠다.

"여기, 핸드폰 있습니다. 자세한 이야기는 집에 가

서 나누십시오."

"아니, 우리 혁일 못 찾았는데 집으로 가라고요? 당신들 경찰 맞아요?"

유정이 다시 고래고래 소리치자 남편은 젊은 여경이 내미는 핸드폰을 받아들며, 고개를 숙여 정중히 인사를 했다.

"날씨가 워낙 더워서 제 정신이 아닌 것 같습니다. 어쨌든 실례 많았습니다. 감사합니다."

"여보, 그냥 가면 안 돼요. 우리 혁일 찾아야지요."

경찰서에서 나온 남편은 갑자기 유정을 향하여 큰 소리로 호통을 쳤다.

"잘 알아보지도 않고, 그렇게 난리를 치면, 사람 체면이 뭐가 되는 거예요? 하여튼 간에."

도대체 어떻게 되었다는 것인지, 들을 필요도 없었다. 당장 내 아들을 내 눈앞에 데려오라고 맞장구치며 유정도 소리쳤다.

"당신, 내 말을 못 믿겠어요? 성애가 우리 아일 데

리고 도망쳤단 말이에요!"

기가 막혀서 숨도 제대로 쉬어지지 않고, 더 이상 말을 이어갈 수도 없었다.

"집에 가서 기다립시다. 당신 친구 그런 사람 아니잖아요?"

"아니, 당신 지금 이 마당에 누구 편을 드는 거예요?"

이건 보통일이 아니다. 제 자식이 없어졌다는데 눈 하나 깜짝하지 않고, 우리 아일 유괴해 간 그녀를 감싸고 있는 남편이 제 정신인가 말이다.

"오늘 중으로 우리 혁이 돌아올 테니 좀 기다려 봅시다."

"그럼, 당신은 그 여자가 한 짓을 다 알고 있단 말인가요? 그게 사실이요?"

이젠 성애란 말도 쓰고 싶지 않았다. 남편이 언제부터 그 여자와 정분이 났었는지 갑자기 억울하고 분했다. 유정이 펄쩍펄쩍 뛰며 남편의 등을 양손으로 두들겨댔다. 이 못된 연놈을 당장 어떻게 해야 할지 머리가 먹통이 되어 갈피를 잡을 수가 없다. 남편은 더 이상 말을 하지 않고 앞에서 걸었다. 남편을 탓하며 울며불며 따라온 것이 어느새 집 앞까지 다 왔다.

"당신이 우리 혁이 있는 곳을 알고 있다는 말이지요? 제발 시원하게 말 좀 하라고요!"

고래고래 소리치는 유정을 남편이 현관문 안으로 밀어 넣었다.

'따르릉!'

집에 들어서자마자 거실에 있는 전화기 벨이 울렸다.

"네, 알았습니다. 지금 데리러 가겠습니다. 조금만 기다리십시오."

"여보, 무슨 전화에요? 말 좀 해봐요!"

그러나 남편은 들은 척도 하지 않고 금방 벗었던 구두를 다시 신고, 현관문을 박차고 나갔다. 유정은 아이 때문에 울었던 눈물 자국 위로 한없이 쏟아져

내리는 또 다른 눈물을 닦으며 그대로 소파에 쓰러졌다. 슬픔과 분노가 가슴을 치받고 올라왔다.

"좋아. 남편이 내 편이 아니라면, 나에게 아이가 무슨 소용이 있어. 모두 포기할 거야."

"무슨 소리야, 안 돼. 너희들이 눈이 맞아 살림을 따로 차린다 해도 내 아들 혁인 절대로 줄 수 없어. 혁인 내 아들이야. 이 세상에 하나 뿐인 내 아들이라고!"

이젠 누가 듣던 말든 실성을 한 듯 유정이 울부짖고 있는데 '따르릉!' 또 수화기가 울렸다.

여러 차례 전화벨 소리를 무시하다가 신경질적으로 수화기를 들었다.

"여기 경찰선데 혁일 찾았으니 걱정 말아요. 금방 데리고 갈 게요. 당신답지 않게 울기는."

"혁일 찾았다고요? 여보, 정말이지요? 그럼 거기 성애도 있어요?"

유정이 혁일 찾은 기쁨보다 더 무섭게 밀려오는 것은 그녀에 대한 응징이었다. 도저히 참을 수 없어 악에 받친 소리로 외쳐대자 전화는 금방 끊겼다. 그러나 결혼 전, 유정일 꼼짝달싹 못하게 했던 남편의 믿음직스럽고 굵직한 목소리가 어느 새 유정을 울다 웃게 만들었다.

"하느님, 감사합니다. 우리 혁일 찾았대요. 정말 감사합니다."

그동안 바쁘다고 성당 한 번 안 나가던 유정이 갑자기 성호를 그으며 거울 앞에 다가섰다.

아침에 단정히 차려 입었던 마이가 보기 싫게 구겨져 있고, 머리는 누가 뭐어 뜯어놓은 것처럼 흐트러져 있는데, 화장은 눈물에 지워져서 사람 꼴이 여간 우습게 생기지 않았다.

'내가 이런 꼴로 사니, 남편이 성애 편을 들지 않겠어?'

이유야 어찌되었던 혁일 찾았다니, 화가 단번에 풀리고 기분도 한결 좋아졌다. 유정은 얼른 화장실로 가서 세수를 하고 옷을 갈아입었다. 평소에 잘 입지 않던 홈드레스를 찾아 입은 유정은 스스로 낯간지럽다는 생각이 들어, 다시 옷을 바꿔 입을까 어쩔까 망설이고 있는데 현관문이 삐걱 열렸다. 유정은 남편의 품에 안긴 아이를 보자마자 와락 달려들어 빼앗아 안았다.

"혁아, 우리 혁이 찾았네. 혁아, 얼마나 고생했니? 내가 네 엄마야, 알지? 우리 혁이!"

유정은 목이 잠긴 소리로 혁일 부르며, 아들의 뺨에 마구 얼굴을 비벼댔다. 아이도 따라 울었다.

"아이고, 몇 년 동안 못 만났던 가족이 상봉하는 것 같구려!"

남편의 말에는 아랑곳없이 유정은 혁에게 저녁부터 먹이겠다고 부엌으로 갔다. 그런데 식탁 위에 하얀 편지 한 장이 놓여 있었다.

「유정아, 그동안 고마웠다. 네가 날 친 자매처럼 생각해 주어 얼마나 감사했는지 모른다. 실은 오늘 아침에 숙모한테서 전화가 왔어. 혁일 보고 싶다고. 데리고 놀러 오래. 그래서 아침 일찍 서둘러 강남 숙모

네 집으로 간다. 그런데 숙모 말씀으로는 어쩌면 다음 월요일부터 그러니까 네 이모가 다음 주부터 너희 집에 와서 아일 돌볼 수 있다는구나. 아마도 내가 너와 동창 관계라는 말을 듣고 며느리와 상의하여 그렇게 하기로 한 것 같아. 내가 숙모네 손자를 봐주는 조건으로 말이다. 잘 됐지? 그렇지만 난 좀 서운하구나. 혁이랑 정이 많이 들었는데. 그리고 너 알고 있지? 이 세상에 네 남편처럼 가정적이고, 널 끔찍하게 생각해 주는 사람 없다는 거. 한편 부럽기도 했지만, 그래도 네가 그렇게 훌륭한 남편과 귀여운 혁이랑 알콩달콩 잘 살아가는 게 얼마나 자랑스러운지 몰라. 오늘은 토요일이니까 상황 봐서 숙모네 집에서 하루 묵고 갈 수도 있으니 혁이 걱정 말고, 두 부부가 즐거운 주말 잘 지내기 바란다. 성애가.」

유정의 손에서 편지가 스르르 빠져나갔다. 맥이 탁 풀렸다. 그런 것도 모르고, 정말 날씨 탓이었을까? 왜 진즉 식탁 위를 살펴보지도 않고 그렇게 미친 듯 뛰어다녔을까 말이다.

"여보, 그런데 아까 경찰서에서는 어떻게 된 거야?"

유정은 남편에게 편지 이야기는 차마 못하고 질문을 던졌다.

"당신 전화 받고, 어찌된 일인가 싶어 나도 정신없이 경찰서로 달려갔지 뭐야. 당신은 실신한 듯 쓰러져 있고. 여자 경찰의 말을 듣고, 이모 집으로 전화를 해 봤지. 그랬더니 내 짐작이 적중했어. 그곳에 당신 친구 성애씨가 와 있다는 거야. 이모님이 불렀다던데? 그래 당신이 혁일 잃어버렸다고 경찰서에 신고하고 야단이 났다 했더니, 웃으시면서 말씀하시더군. 당신 성질에 펄펄 뛸 줄 알았다고. 좀 놀라게 놓아두고 지켜보래."

"우리 이모가 정말 그렇게 말했단 말이어요?"

남편은 장난기가 발동한 것처럼 싱글벙글 웃으며 또 말을 이었다.

"그래서 나도 잠깐 시치밀 뚝 딴 거지."

"그러면 아까 누가 혁일 경찰서로 데려 왔어요?"

유정이 아까부터 제일 궁금했던 질문을 이제야 했다. 이모? 성애? 그렇더라도 야심한 밤도 아닌데, 아이만 들여보내고 그냥 갔단 말인가? 도대체 이해가 되지 않았다.

"성애씨가 데려왔었지. 당신 같으면 자기를 의심하고 신고까지 한 친구 집에 올 수 있겠어? 경찰서에서 만난 성애씨 얼굴이 백짓장처럼 하얗더라고."

"그래요? 그럼 왜 내 핸드폰은 그렇게 받지 않았대요?"

"응, 버스에서 내릴 때 잠든 혁일 업으면서 빠뜨린 것 같다는 거야. 자세한 이야기는 이모님이 내일 오시면 알 거라고. 정말 면목 없다며 주눅이 든 사람처럼 가버리더군."

"당신도 참, 집으로 그냥 데려오지 않고. 왜 그냥 보냈어요?"

"내가 어떻게 당신 친구 손을 붙잡고 올 수 있겠어? 그래도 되는 거였나? 하하하하."

남편의 매력 있는 너털웃음 소리가 온 집안을 휘감고 돌았다. 유정은 다시 성호를 그었다.

송파문학(2018년 23호)

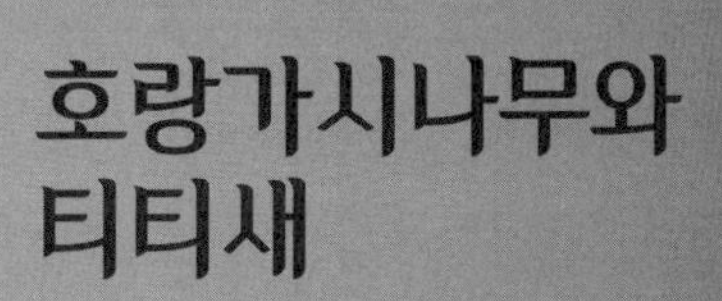

호랑가시나무와 티티새

사물화 소설

호랑가시나무와 티티새

오월이다. 신록의 싱그러움이 날로 더해간다.

사람들이 왁자지껄 몰려드는 주말이다. 양팔을 부모에게 맡기고 발을 동동 구르며 공원으로 들어오는 아이들이 부럽다. 질투가 난다. 하지만 그들을 축복해 주고 싶다. 공원에 들어서는 사람들이야 내가 이토록 열렬히 반기고 있음을 알 리 없지만.

해가 져서 그들이 다시 자기 집으로 돌아갈 시간까

지 나는 양팔을 흔들며 그들에게 행복의 메시지를 보낸다. 가정이란 작은 천국이며 사랑과 기쁨의 공간이기 때문이다.

지금 나는 따스한 햇살을 온몸으로 받으며, 공원 입구 작은 빌라의 대문에 기대서서 집안에서 들려오는 사랑의 대화를 엿듣고 있다. 기분이 상쾌하다. 문득, 나를 돌아본다.

*

어느 날, 내가 창문을 열었을 때였다. 항상 그 자리를 지키고 있는 베란다의 커다란 질그릇 화분의 흙을 작은 새 한 마리가 날아와 쪼아먹고 있었다. 내가 가까이 다가갔는데도 낯선 새는 날아가지 않았다. 그리 예쁘지도 않은 갈색과 잿빛이 알록달록한 색깔의 작은 새는 나를 빤히 바라보는 것이었다.

"야, 꼬맹이 새야, 거기 화분에서 무얼 먹고 있는 거야?"

내가 혼잣말처럼 지껄이자 작은 새는 곧바로 대답

했다.

“여기 말라버린 나무 밑에 씨앗이 몇 개 떨어져 있기에 쪼아 먹었어.”

“그래? 열매가 있었어?”

나는 지난해까지 여기 이 화분에서 자랐던 나무가 어떻게 생겼는지 확실히 기억나지 않았다. 다만 언젠가 본 듯한 초록빛 색깔의 나뭇잎과 동그랗고 빨간 작은 열매가 어렴풋이 떠올랐다. 그렇지만 아무도 거들떠보지 않아 말라 죽은 나무를, 그것도 이파리가 모두 떨어져서 지금은 그 나무의 모양새를 더 이상 생각할 수가 없었다.

나는 그 작은 새와 대화가 가능한 것이 신기하여 또 물었다.

“네 이름이 뭐니? 네 가족은 없어?”

“응, 사람들은 우리를 흔히 개똥지빠귀라 하지만, 서양에선 로빈새라 부른다더라. 또 티티새란 이름도 있다는데 난 그 이름이 마음에 들어. 난 태어날 때부터 우리 엄마 아빠 얼굴을 못 봤으니까 지금은 고아지만, 언젠가는 꼭 다시 만날 수 있을 거라고 믿어."

"그래, 나도 널 티티새라고 불러줄게. 그럼 넌 지금까지 누가 키워 주었니?"

"내가 알에서 새끼로 깨어나기 전에 우리 부모는 아이들의 손에 잡혀갔고, 난 뻐꾸기 둥지에서 태어났다고 들었지만, 지금 그들도 어디로 날아갔는지 알 수가 없어. 그래서 난 부모 형제가 있는 새들을 가장 부러워한단다. 너도 부모 형제가 있지?"

"난 우리 집에서 외동아들이야, 우리 부모가 있긴 하지만 난 그들을 증오하고 있어. 매일 싸움만 하고, 아버지는 무관심, 어머니는 과잉보호. 난 둘 다 싫어. 차라리 난 네가 부럽구나. 어디든지 마음대로 훨훨 날아다닐 수 있는…."

"맞아. 언제부턴가 너는 아주 쓸쓸하고 외로운 표정으로 여기 베란다에 나오곤 했어. 난 벌써부터 널 지켜봤지만, 그게 그렇게 길게 가진 않을 거라고 생각했는데, 오늘 넌 더 이상해졌구나."

"흥, 네가 우리 사람들을 어떻게 안다고? 이 꼬맹이 작은 새야, 저리 비켜!"

나는 공연히 신경질이 나서 팔을 저어 티티새를 쫓아버렸다.

*

현관문을 열고 들어서자 집안 분위기가 심상치 않았다 .

"왜 양말은 뒤집어 벗어놓아요? 빨래할 때마다 내가 다시 뒤집어야 되겠어요?"

"빨래하기 싫으면 당신도 직장을 나가! 돈 벌어서 파출부를 쓰면 될 거 아니야?"

"남처럼 월급이나 제대로 받아오며 큰소리치시지. 오늘도 공치고 온 주제에…."

"뭐야? 돈 벌었어도 당신에게 줄 돈은 없어."

"어디서 어떻게 벌었는데요?"

"당신은 알 것 없어."

나는 고개를 갸웃거렸다. 그리고 내 양말을 벗었다. 바르게 놓아도 보고 뒤집어 보기도 했다. 그까짓게 뭐 대수라고 오늘은 싸움거리가 양말로 시작되었다.

어머니는 바가지를 긁는다. 아버지는 쿠션을 던진다. 어머니는 거실의 TV를 크게 틀어놓고, 아버지를 향하여 욕을 퍼부어댄다. 아버지는 술기운이 벌겋게 달아오른 얼굴 위에 신문지를 올려놓고 그대로 코를 골아버린다.

어머니는 나에게 저녁을 차려줄 거냐고 물었다. 난 친구들과 떡볶이를 먹었다며 거절했다. 2층으로 올라왔다. 벌써부터 아버지를 꼭 닮아간다며 나무라는 어머니의 잔소리가 내 뒤를 따라온다. 이제 한쪽 귀로 듣고 한쪽 귀로 내보내면 된다.

난 우리 집의 4대 독자다. 그들이 결혼하여 만 7년이 되던 해에 내가 태어났다. 할머니가 살고 있는 시골 큰집이나, 공원 건너편 아파트에 살고 있는 외갓

집도 아들이 귀하다. 나는 양가집에서 대단히 귀한 존재로 대우받고 있다.

그런데 어머닌 요즈음 나 때문에 마음고생을 좀 한다. 학교에서 학부모 임원으로 활동하고 싶은 마음과는 달리, 종종 학교에 불려가 고개도 제대로 못 들고 훈계만 듣고 오기 때문이다.

얼마 전에도 내가 친구 석이랑 24시 편의점 옆에 있는 노인정 화장실에서 담배를 피우다가 걸린 적이 있다.

"훈인 지난해부터 담배를 피운 것 같은데 어머님은 알고 계셨나요? 물론 호기심으로 시작했겠지만 요즈음 나쁜 아이들하고 어울리고 있으니, 가정에서도 관심을 가지고 지도해 주세요."

어머니는 담임 선생님에게서 들은 내 이야길 아버지한테 꺼내지만 소용이 없다.

*

최근에 어머니는 이혼 소송을 냈다. 잘은 모르겠으

나 두 분이 싸우는 가장 근본적인 문제는 성격 차이도 있겠지만 매번 돈 이야기가 빠지지 않았다.

아버지는 일류 대학을 졸업했다. 판검사 시험을 앞둔 장래가 촉망되는 청년이었다. 그러나 아버지의 겉모습은 정반대다. 이목구비는 그런대로 봐줄만 했지만, 20세기에 보기 드문 작은 키에 머리까지 훌러덩 벗겨졌다. 거기에다 실업자 빈털터리다. 반면, 어머니는 내로라하는 집안에서 부유하게 자랐다. 더욱이 대학 시절에는 교내 축제에서 당당하게 퀸으로 뽑힌 미인이었다.

그 당시 외갓집에서 두 사람의 결혼을 극구 반대했다는 사실이 이해가 간다. 아버지는 몇 년째 원하는 시험에서 계속 떨어지자 큰 꿈을 접었고, 취직을 하려 했지만 시시한 일자리는 성이 차지 않았다. 신혼 초에는 외갓집에 얹혀살다가 중간에 독신자 아파트를 얻어 나갔다.

내가 생긴 뒤로 월세부터 시작하여 겨우 지금 살고

있는 공원 옆 2층 빌라로 옮겨온 것도 몇 년 되지 않는다. 실제로 이 집도 말이 빌라일 뿐, 공원을 관리하기 위해서 지어 놓은 조립식 집이다. 운이 좋아서, 엄밀히 따지면 조경 사업을 하고 있는 외할아버지 덕분에, 이 집에 살게 된 것이다.

아버지는 조경에는 관심조차 없는 데다 아직도 여기저기 취직자리를 기웃거리지만 한 직장에서 오래 머물지를 못했다. 툭하면 상사하고 다투거나 월급이 적다며 뛰쳐나오기 일쑤였다. 요사인 로또 복권을 사가지고 들어와서 큰 횡재를 바라고 있다.

어머니가 이혼 소송을 낸 것은 이번이 세 번째다. 돈벌이도 못하는 실업자 아버지가 술주정을 넘어서 이제는 폭력까지 행사하기 때문이다. 그러나 늦게 본 귀한 아들 핑계와 주위의 만류에 의하여 두 차례나 소송을 취하한 적이 있다.

"네 아버지와 더 살다가는 내 명대로 못 살지. 너도 봤잖니? 어제 가죽 허리띠를 마구 휘둘러 여기 이렇게 멍이 퍼렇게 들었단 말이다."

"그래도 난 어머니 아버지가 이혼하는 건 싫어요."

어머니는 나를 설득하여 도망하듯 집을 나왔다. 서울에서 조금 떨어진 경기도 K시에 셋방 하나를 구했다. 며칠째 벼룩시장이며 매트로 신문을 뒤적거리던 어머니는 식당에 취직을 했다고 좋아했다. 나는 곧 새로운 학교로 전학했다.

"넌 열심히 공부만 하면 돼. 네 학비는 충분히 댈 수 있으니까…."

어머니는 몸은 고되어도 마음은 여간 편안한 게 아니라고 말했다. 그 지긋지긋한 아버지와 진즉 헤어져 살 걸 왜 한 집에서 아옹다옹 싸우면서 살았는지 후회스럽다고도 했다. 난 전학 온 학교라서 친한 친구도 없거니와 선생님들도 모두 낯설어서 학교에 가기 싫었다.

어머니를 속이면서 며칠 째 PC방을 전전하고 있을 때, 아버지로부터 연락이 왔다. 내가 살고 있는 곳을 수소문 끝에 찾아냈다고 했다. 당장 집 앞에서 만나자는 전화였다. 이번에는 아버지의 제안에 따랐다.

"그래도 친구들 많은 곳이 좋지 않니? 학교는 네가 다니던 곳으로 다시 복학시켜 줄 테니 걱정하지 마라."

아버진 나를 위해 각서까지 써놓고 전에 다니던 학교에 복학시켰다. 그 다음날 학교에 어머니가 찾아왔다. 나에게 다시 K시로 갈 것을 종용하였다. 나는 아버지에게 핸드폰으로 이 사실을 알렸다.

학교에서 만난 두 사람은 체면이고 무엇이고 볼 것 없이 학교 복도에서 큰 소리로 싸웠다. 이내 교장실로 불려가서도 서로 자기 의견만 내세우며 질타를 해댔다.

"비행 청소년들의 대부분은 결손 가정에서 자라난 아이들입니다. 아들의 장래를 생각한다면 이혼이란 말을 함부로 하지 말고 더욱 신중하게 생각하십시오."

이윽고 아버지와 어머니는 아들을 위해서 서로 노력하겠느냐는 교장 선생님의 물음에 고개를 끄덕였다. 마치 결혼식장의 주례 앞에서 서약하듯 겉으로는 '네'라고 대답했다. 나도 증인이 되어 한마디 할 수 있었다. 난 어느 편도 아니며 부모와 함께 살 것을 희망한다고.

선생님과 친구들 앞에서 큰 소동을 벌인 부모가 부끄럽고 창피했다. 난 더 이상 학교에 안 다니겠다고 했다. 그래도 다음 날 학교에는 갔다. 친구들은 관심을 두지 않았지만, 왠지 아이들이 날 비웃는 것 같았다.

그 일이 있은 후, 어머니는 근린공원 입구에 있는 빌라로 다시 살림을 합쳤다. 그러나 난 아무하고도 말하기 싫었다. 시간이 나면 2층 내 방에 틀어박혀 컴퓨터 앞에서 게임을 즐기거나 만화책을 빌려다 보았다. 아래층은 출입 통로로만 사용할 뿐 잠시도 머무르고 싶지 않은 곳이 되어 버렸다.

*

여느 때처럼 아래층에서 싸우는 소리가 또 들려왔다. 두 분은 싸울 때마다 아들 때문에 억지로 살고 있다는 말을 되풀이했고, 나는 그 말이 제일 듣기 싫었다. 학교 공부도 머리에 들어오지 않았다.

오늘은 내 성적 문제를 놓고 싸우는 듯했다. 어머니는 아버지더러 자식 일에 너무 무관심하다 했다. 아버진 어머니더러 집에서 자식 교육 하나 제대로 못한다고 나무랐다.

언제부터인지 나는 두 분이 싸울 때마다 귀를 틀어막고 창문을 열면 바로 나타나는 공원의 풍경을 보기 위해 앞 베란다로 나오는 버릇이 생겼다. 베란다라야 유리 새시도 없이 노천이라서 비가 오면 그대로 새어 들어오는 작은 공간이다. 그래도 공원의 맑은 공기가 기분을 한결 새롭게 해 주었다.

한참 동안 멍청하게 서서 공원에 서 있는 크고 작은 여러 모양의 나무들과 그 사이를 오가는 사람들을 바라보곤 했다.

'공원의 나무들은 한번 자리를 잡으면 비가 오나 눈이 오나 한 곳에 뿌리를 내리고 저렇게 잘 살아가고 있는데 왜 우리 부모는 아웅다웅 타투고 헤어지지 못해 야단일까?'

멀리서 보기에도 다정하게 보이는 중년의 부부가 오늘도 강아지를 데리고 산책하고 있다. 떠돌이 고양이 두 마리는 어제처럼 또 휴지통을 뒤지고 있었다.

'그래. 사랑을 받기 위해 이리저리 옮겨다니는 개나 고양이, 새들보다는 차라리 한 자리에서 보살핌을 받는 나무가 훨씬 근사하겠구나.'

내가 공원의 나무들을 바라보며 그런 생각을 하자마자 내 몸이 갑자기 떨려오기 시작했다. 감기몸살이라도 앓는 것처럼 호흡이 가빠지고, 눈앞이 어지러웠다. 팔다리에 쥐가 나서 몸이 오그라드는 기분이었다.

그러나 나는 아프다고 말하고 싶지 않았다. 엄마가 식당으로 불러내어 밥을 먹자고 했다. 그녀의 성화에

할 수 없이 아래층으로 내려갔다. 수저로 밥을 먹으려는데 손가락이 말을 듣지 않았다. 간신히 밥을 뜨고, 다음은 젓가락질을 하려는데 반찬이 집어지지 않았다. 어머니는 밥이 먹기 싫으면 그만 먹으라고 했다. 아버지는 나에게 흘낏 눈을 흘기고는 자리를 떠났다. 그렇게 며칠을 반복하는 동안 그들은 내가 밥을 제대로 먹지 못하고 남기는 것에 대해 더 이상 신경 쓰지 않았다.

*

해가 뉘엿뉘엿 서쪽으로 넘어갈 무렵이라서 공원에는 어두운 그림자가 조금씩 스며들고 있었다. 아래층에서 들려오는 아버지의 술에 취한 목소리와 날카롭게 따지는 어머니의 목소리에 나는 더 이상 버틸 수가 없었다. 귀를 막고 베란다로 나와 근린공원으로 눈을 돌렸다. 아까시향이 진하게 전해 왔다.

"잘 있었니? 아직도 넌 외롭고 답답한 심정을 풀지 못하고 있구나. 너희 부모는 그래도 널 끔찍이 사랑

하던데, 넌 그걸 느끼지 못하고 있으니. 차라리 잘 되었다. 두 사람이 다투고 있는 사이에 좋은 구경이나 해 보렴. 저기 공원을 봐."

티티새는 나에게 한마디 던져놓고 곧장 날아가 버렸다. 티티새를 따라 시선을 보낸 곳에는 한 여인이 멋진 차림으로 걸어오고 있었다. 그 뒤로 나의 초등학교 친구인 석이가 기운 없이 걸어오고 있었다.

석이는 폐휴지를 모아 팔아서 힘들게 살고 있는 넝마주이 할머니의 손자다. 그는 오늘도 학교에는 가지 않고 아마도 온종일 오락 게임을 즐겼을 것이다. 석이 부모는 이혼한 지 오래 되었다. 내가 요사이 석이를 못 만난 이유는 순전히 내 건강 때문이다. 아마도 내 몸이 자유로웠다면 나도 석이와 PC방에서 몇 시간은 함께 지냈을 텐데….

석이 아버지는 이따금씩 할머니와 석이가 살고 있는 집에 들르지만 생활비는 한 푼도 보태지 않고, 오히려 할머니에게 물려준 재산이 없어 자기가 고생한다며 한바탕 퍼부어댄 뒤 떠나곤 한단다. 아들에게 눈길도 한번 주지 않는 아버지를 석이도 증오하고 있었다. 할머니는 손자 석이를 이기지 못한다. 석이 할머니도 이따금씩 학교에 불려갔지만 어쩔 수가 없었다. 석이는 이미 게임 중독에 빠져 있었고, 할머니의 말에는 대꾸도 하지 않았다. 매사를 제멋대로 하는 석이지만 나하고는 제일 친한 친구였다.

'그래 석아, 네 앞에 걸어가고 있는 여인의 빨간 핸드백 속이 궁금하지? 현금이 제법 많이 들어 있을 것 같은데. 그걸 빼앗으면 학교 준비물은 물론 게임도 마음껏 할 수 있을 거고.'

내 생각이 거기에 미치자마자, 별안간 석이는 공원 길가에 방치되어 있는 돌멩이 하나를 집어 들었다. 그리고 그 여자의 뒤통수를 '탁!' 때렸다. 여자가 휘청거리며 쓰러지려는 순간, 석이는 핸드백을 빼앗아 줄행랑을 쳤다. 그때 티티새가 여인의 주변에서 후드득 날아오르며 잿빛 깃털 몇 개를 땅에 떨어뜨렸다.

나는 석이의 갑작스런 행동에 깜짝 놀랐지만, 혀가 굳어져서 아무 말도 할 수가 없었다.

*

내가 학교에 가려고 책가방을 들자 책가방이 스르르 손에서 빠져나갔다. 이제 팔에는 아무런 힘이 없었다. 운동화를 신고 대문을 나서려던 나는 그 자리에 푹 쓰러졌다. 학교에는 가지 못했다.

저녁이 되자 어머니가 2층 내 방문을 열었다. 내려와서 밥을 먹으라 했다. 엄마는 내 안색을 살피더니 그냥 문을 닫아버렸다. 전에는 '배고프지 않니? 무엇이 먹고 싶으냐?' 고 꼬치꼬치 캐물었겠지만, 요사인 엄마의 태도도 달라졌다. 아마도 아버지와의 관계가 더욱 악화된 것 같다. 그뿐이었다. 아버지는 거의 2층에는 올라오지도 않았다.

내 몸이 내 뜻대로 움직여 주지 않았다. 나는 힘들게 베란다로 나와 공원에서 시끄럽게 지저귀는 새소리에 귀를 기울였다. 그때, 생김새가 우락부락하게 생긴 청소년들 한패가 나타났다. 그들 중 몇 사람은 입에다 담배를 물고 있었다. 그들은 나의 시야에서 정면으로 보이는 공원의 벤치에 나란히 걸터앉았다.

그 중에서도 키가 훌쩍 크고, 무릎이며 종아리 부분이 찢어진 청바지에, 검정 티셔츠의 깃을 높이 세워 입은 녀석이 짱이다. 그는 뒷머리를 길게 기르고, 공원이나 길거리를 배회하는 청년들 중 가장 주먹이 세다. 그들은 종종 나와 석이 같은 힘이 약한 아이들이나 후배들의 용돈을 빼앗았다. 아니 빌려 달라 하고 갚지 않았다. 때로는 자기들이 필요로 하는 담배, 술, 빵이나 과자 심부름을 시켰다. 말을 듣지 않으면 폭력까지 행사하는 불량배들이다.

내가 그들 한 명 한 명을 기억 속에서 떠올리고 있을 때, 지난 번 그 티티새가 또 날아왔다. 이번에는 아예 허락도 없이 나의 어깨 위에 앉아서 말을 걸었다.

“네 어깨가 많이 굳어있구나. 마치 막대기처럼. 저기 벤치 옆으로 떠돌이 고양이 한 마리가 재빠르게 지나가고 있지? 저 녀석도 처음엔 부잣집 거실에서 사랑받으며 살았는데, 그들이 이사 가면서 떼어놓고 간 거라고. 정말이지 사람들은 믿을 게 못 돼. 한 집 식구처럼 밥도 같이 먹고, 잠자리도 같이해 놓고선, 하루아침에 저렇게 길거리에 버리고 가다니…."

'그래, 저렇게 살 바에야 차라리 죽는 게 낫지.' 내 생각이 또 여기에 미치자 조금 전 그 짱은 옆에 있는 친구와 귓속말을 나누었다. 친구는 재빨리 도망치는 고양이를 붙잡아 왔다. 그들은 한참 동안 고양이를 귀찮게 하며 데리고 놀았다. 그리고는 결국 끔찍한 일을 벌였다. 짱은 자기가 가지고 있던 날카로운 면도칼을 꺼내어 고양이의 한 쪽 다리와 꼬리를 잘라냈다. 옆에 있는 친구들은 울부짖는 고양이의 모습을 핸드폰에 담으며 낄낄거리고 웃어댔다. 그들은 그 사진을 인터넷에 동영상으로 올리면 더 재미있을 거라고 말했다. 티티새는 파드득 날아서 벤치 주변을 휙! 돌더니 어디론가 날아가 버렸다.

*

최근에 나는 말이 입안에서만 뱅글뱅글 돌 뿐 밖으로 나오지 않았다. 피부는 얼룩얼룩 무늬가 생겼다. 전신이 나무껍질처럼 단단해지면서 굳어갔다. 나는 안간힘을 다해 베란다로 빠져나왔지만, 마비가 된 팔다리는 둔해져서 더 이상 움직이기 힘들었다. 간신히 화분의 마른 나무를 붙들었다. 그때 나는 내 영혼이 그 나무 속으로 스며들어가는 것을 느꼈다. 내 육체는 어디로 갔을까? 나는 이제 사람의 형체가 아니었다. 나는 나무와 하나가 되었다. 며칠 후 내 몸뚱이 곳곳에서 새싹이 돋아나고 있었다.

우리 부모는 경찰서에 신고를 하면서 떠들썩했다. 학교와 친척들에게 전화를 하고, 핸드폰에 남겨진 친구들에게 전화를 했다.

"우리 아이가 사라졌어요."

"우리 훈이 가출을 했나 봐요."

"우리 아들을 마지막으로 본 것은 언제였니?"

아래층에서 떠들썩한 소리가 2층으로 들려왔다.

*

며칠째 목이 말라 죽을 지경이었다. 그래도 나는 연둣빛 새싹을 조금씩 펼쳐나갔다. 비라도 시원하게 한 줄기 내려 주었으면 좋으련만 요즈음 들어 햇빛은 더욱 쨍쨍 내리쬐었다.

'공원의 나무들은 비가 안 와도 끄떡없이 잘 자라는데 나는 왜 이렇게 몸이 배배 꼬이고, 이파리들이 힘없이 늘어지는 거지? 이러다간 한 철도 못 견디겠구나.'

모든 걸 체념하고 기운이 쭉 빠져 있는데, 아래층에서 싸우는 소리가 또 들려왔다.

"아, 글쎄, 훈이 집을 나간 건 순전히 당신 잘못이야? 나하고 잘 지내던 아일 이리로 데려온 게 누군데요?"

"뭐라고? 적반하장도 분수가 있지. 학교에 가서 아들 망신을 준 건 당신이라고!"

더 이상 참을 수 없을 정도로 갈증을 느낄 무렵, 부

슬부슬 봄비가 잠깐 내리다가 그쳤다. 다행히도 뿌리는 아직 살아있었기에 나무가 된 나는 목을 축인 뒤, 팔다리에 힘을 주고 이파리들에게도 조금씩 수분을 공급하면서 정신을 차렸다.

얼마간 그들이 기거하는 아래층에서는 인적이 끊겼다.

"넌 이제 완전한 나무가 되었구나. 그러니 네 부모가 널 알아볼 리 없지. 그들은 그동안 네가 써놓은 일기장을 찾아내어 읽어보고 무척 후회하는 것 같았어. 지금도 서로를 원망하지만, 동분서주 너를 찾느라 정신이 없더군. 너를 생각하는 마음도 진실이고, 이제야 가족의 소중함을 깨닫고 있는 듯해."

나는 티티새의 속마음이 어떤 것인지 알 수 없었지만, 부모가 날 찾아다닌다는 말은 듣기 싫지 않았다. 나의 둥그렇던 나뭇잎이 서서히 육각형 모양으로 바뀌면서 나뭇잎 끝에는 뾰족뾰족한 바늘 같은 것이 생겨났다.

그날 밤은 유난히도 길었다. 나는 아무런 생각도 하지 않고 한잠 푹 자고 싶었다.

'그래, 저 공원의 나무들도 모두 한겨울 깊은 잠을 자고 났지. 이제 새봄이 되니까 연둣빛 새싹을 움트게 하고, 꽃을 피우고 열매를 맺고….'

조용히 눈을 감았다. 오랜만에 포근한 잠으로 빠져들었다.

*

그날도 봄비가 촉촉이 내렸다. 공원의 나무뿐만 아니라 베란다에 있는 나의 갈증을 충분히 해소시켜 주었다. 두꺼워진 나뭇잎들이 조금씩 힘을 얻어 연둣빛에서 시나브로 진한 초록빛으로 변해가고 있었다.

그런데 내가 눈을 떴을 때 낯익은 목소리가 들려왔다.

"온 동네를 다 돌아보고 공원 구석구석을 찾아다녔지만 아이를 찾을 수가 없었어요. 다 내 잘못이에요. 내가 너무 무심했어."

"나도 친척들 모두에게 연락하고 친구들한테도 물어 봤지만 우리 아이를 보았다는 사람은 한 사람도 없어요. 제발 돌아와 다오. 내 사랑하는 아들아!"

그들은 진심으로 자신들을 책망하며, 목멘 소리로 나를 찾고 있음이 분명했다.

"어머니, 아버지, 나 여기 있어요. 2층 베란다로 올라와 보세요!"

반가운 마음에 큰 소리로 외쳤으나, 그들은 내 목소리를 못 알아들었는지 곧바로 올라오진 않았다.

*

어느 날이었다.

어머니가 힘없이 베란다로 올라왔다가 깜짝 놀라며 아버지를 불렀다. 시들어버린 나무 대신 멀쩡하게 서 있는 나무를 발견했기 때문이다.

"여보, 신기해요. 여기 화분의 나무가 우리도 모르는 사이 이렇게 살아났어요."

어머니가 소리치자 아버지가 숨가쁘게 뛰어올라

왔다.

"거참, 신기하군, 어떻게 이 나무가 다시 살아났지? 당신이 물을 준 건 아니지요?"

"아니에요, 얼마 전까지 말라있던 호랑가시나무가 이렇게 살아날 줄은 몰랐어요."

'호랑가시나무?'

난 처음 듣는 이름이라서 가시를 세워 두 분의 대화에 귀를 기울였다.

"우리가 맨 처음 이 나무를 어디에서 가져다 심었었지?"

"글쎄요, 그 동안 관심을 두지 않고 버려두었는데…."

그들은 눈을 휘둥그레 뜨고, 믿을 수 없는 일이라고 고개를 내저었다.

"맞아요. 우리가 몇 년 전 겨울에 크리스마스트리를 만들기 위해 사왔었어요."

"아니야, 이 나무는 사온 것이 아니고, 삼 년 전에 우리가 이혼하러 법원까지 갔다가 화해하기로 하고,

함께 떠난 여행지에서 민박집 할머니한테서 얻어온 그 나무야."

"그러고 보니 그 나무가 맞아요. 우리나라에서도 몇 군데 지역에서만 볼 수 있는 귀한 천연기념물이라 했어요."

나는 그들이 하는 이야기를 들으며 호랑가시나무에 대한 호기심이 생겨났다.

다음 날, 어김없이 티티새가 베란다로 날아들어 왔다.

티티새는 예전처럼 나에게 가까이 다가와서 앉지는 못했다. 왜냐하면 나에겐 사나운 가시가 있기 때문이다. 창틀에 앉아서 나의 기분을 살피고 있는 티티새에게 내가 먼저 말을 건넸다.

"티티새야, 넌 호랑가시나무에 대해 알고 있니?"

"물론, 알고 있다 뿐이냐? 호랑가시나무의 꽃말이 무언지 아니? 네가 원한다면 호랑가시나무와 우리 티티새의 전설도 말해 줄 수 있어."

난 티티새를 통하여 어렴풋이나마 호랑가시나무에 얽힌 이야기를 듣게 되었다.

지금 한국에서는 호랑가시나무의 유래를 '호랑이 등긁기'에서 찾는다고 했다. 호랑이가 등이 가려울 때 이 나무 밑에 와서 뾰족뾰족 돋아난 잎의 가시로 등을 긁었기 때문이란다. 하지만, 서양에서는 예수님이 빌라도의 채찍을 받으며 "나는 왕이니라."라고 하자, 군병들이 예수를 조롱하며, 황제의 월계수 면류관 대신 호랑가시나무로 만든 가시관을 씌운 이야기라든지, 예수님이 골고다 언덕에서 이마에 파고드는 날카로운 가시에 찔려 피를 흘리며 고통을 받을 때, 그 고통을 덜어 주려고 날카로운 가시를 부리로 뽑아내다가 온몸이 피투성이가 되어 죽은 갸륵한 작은 새가 있었는데, 그게 바로 로빈새(티티새)라는 것도 알게 되었다.

"어쨌든 이 나무가 다시 살아났다는 건 우리에게 길조임이 분명해요."

어머니는 아버지의 동의를 구하며 무척 반가운 표정을 지었다.

"우리가 처음 만나 사랑을 할 때, 함께 떠난 등산지에서도 이 나무를 보았어. 그리고 우린 약속했었지. 사시사철 푸른 상록수처럼 우리 사랑 변치 말자고…."

아버지도 약간은 상기된 듯 얼굴색을 바꾸며 맞장구를 쳤다.

"그래요. 사시사철 푸른 잎에 빨간 구슬처럼 사랑의 열매가 맺히는 이 나무는 틀림없이 우리 가정에 행복을 가져다 줄 거예요."

두 사람의 의심쩍은 눈이 이내 별빛처럼 빛났다. 그리고 서로의 마음이 통하는지 부드러운 눈길로 마주 쳐다보았다.

"어서 물뿌리개를 가져와요. 물을 주고 보살펴야 사랑의 열매가 열릴 테니까. 벌써 한 쪽에선 꽃들이 지고 있는 걸!"

"이 화분을 아래층 마당으로 가지고 가요. 우리 눈

에 잘 띄는 곳에 두어야 관심을 갖고 가끔씩 물을 줄 게 아니겠소?"

두 분은 예전의 부모가 아니었다. 두 분은 표정이 달라졌다. 두 분의 말씨가 달라졌다.

*

한 가지 더 놀랄만한 일이 일어났다.

며칠 전부터 집안에서 고양이 소리가 들려왔다. 어찌된 일인지 티티새에게 물었다. 얼마 전 불량배들한테서 다리와 꼬리를 잘린 그 고양이를 우리 부모가 집으로 데려와 극진히 간호해 주면서 기르고 있다는 것이다.

나는 갑자기 기운이 솟아났다. 어깨와 팔다리에 힘을 주어 크게 기지개를 켰다. 오늘따라 공원에서 불어오는 바람이 맑고 시원하게 느껴졌다.

"야, 저기 석이랑 짱이랑 나타났다. 오늘은 또 무슨 사고를 칠까? 기다려지는데? 어때, 호랑가시나무야, 너도 기대되지 않니?"

공원에서 아이들이 지나가는 여학생들의 책가방을 빼앗아 놓고 길을 막고 있었다.

"안 돼, 티티새야, 사람들이 몸과 마음을 편히 쉬고 싶어 찾아오는 공원에서 저런 나쁜 일들이 벌어지면 되겠니? 티티새야, 네가 말했지? 넌 예수님의 이마에 박힌 가시들을 뽑아주다가 죽은 의리 있는 로빈새의 후손이라고. 그런데 넌 지금 좋지 않은 비행들을 보면서 즐기고 있단 말이다."

"그래, 무슨 말인지 알겠지만 너도 이미 사람은 아니야, 넌 나무란 말이다. 그 중에서도 대한민국에서 천연기념물로 보호하는 나무라니까 그래도 넌 억세게 재수가 좋은 놈이지만. 그래, 너와 내 생각은 같지 않을까? 이놈의 세상 믿을 것 하나 없으니 아무렇게나 되라고…."

"아니야, 난 우리 부모의 달라진 모습을 보면서 내 마음도 바뀌었어."

"흠, 네 생각이 진정이라면 내 마음도 바꾸어 볼까?"

티티새는 뽀르르 날아서 석이랑 장발의 짱이랑 불량배들이 모인 곳으로 날아갔다.

이윽고, 티티새가 무엇을 어찌 했는지 몰라도, 그들은 여학생들에게 길을 터주었고, 언제 그랬느냐는 듯 벤치에 앉아서 자기들만의 게임을 즐기며 낄낄거리고 있었다.

*

나는 뒤늦게야 내 잘못을 깨달았다.

'정말 그럴 생각은 조금도 없었는데…. 나 때문이야. 내가 나쁜 마음을 먹고 세상을 저주했기 때문이었어. 아무리 어른들이 미워도 이 아름다운 공원에서 더 이상의 비행은 안 돼.'

나는 갑자기 등골이 오싹해지면서 엄습해오는 무서움에 떨었다.

"우리 부모도 서로를 용서하고 나를 그토록 애타게 찾고 있는데, 나는 지금 두 분에게 아무런 도움을 줄 수 없잖아. 단지 내가 할 수 있는 일은 내가 무럭 무럭 자라서 두 분에게 삶의 희망을 갖게 해주는 것뿐이야. 나무가 한 곳에 자리를 잡으면 뿌리를 내리고 잘 자라듯이 가정의 행복과 사랑도 같다는 생각이 들 수 있게 말이야."

나는 무성한 잎을 자랑하며 죽죽 자라났다. 부모가 매일매일 번갈아가며 사랑의 말을 건네주고, 목이 마를세라 자주자주 관심을 가지고 물을 주었기 때문이다.

"호랑가시나무야. 어서어서 잘 크렴. 우리 훈이 너를 보면 무척 반가워할 거야. 넌 멋진 나무야, 사시사철 푸르니까 우리 훈이 아무 때나 와도 상관없어. 봄 여름 가을도 좋고, 하얀 눈이 내리는 크리스마스가 되면 우리 식구 모두 한자리에 모여서 너에게 예쁜 장식을 매달아 줄게."

어머닌 우리 가족이 함께 모이는 날을 꿈꾸고 있었다.

나는 은은하게 들려오는 노랫소리에 귀를 기울였

다. 그것은 아버지와 어머니가 함께 부르는 찬송가였다. 두 사람은 아들을 위해 가까운 성당을 찾아가 기도를 하는 것 같았다. 주말은 물론이고 새벽 기도도 빼놓지 않고 다녔다.

"하느님, 우리 훈이 어디에 있든 건강하고 무사하게 잘 지내다가 돌아오도록 도와주세요."

그들은 틈만 나면 기도를 하며 내가 돌아오길 간절히 바라고 있었다.

나는 좁은 화분에서는 뿌리를 쭉쭉 뻗어나갈 수가 없었다. 자리가 좁아서 답답하고 힘들었다. 그들은 나의 속마음을 벌써 알아차리기라도 한 듯 삽과 괭이를 들고 마당으로 나왔다.

"이 나무를 대문 옆에 심으면 어떻겠어요? 그러면 우리도 오가며 늘 바라볼 수 있고. 또 공원으로 놀러오는 사람들도 함께 볼 수 있어 좋을 테니까요."

"그렇게 합시다. 아마도 이 나무가 우리 키만큼 자라면 우리 아들도 틀림없이 돌아올 거요."

"그래요. 우리가 이사를 가면 훈이 집을 찾아올 수 없을 테니까 우리는 늙어 죽을 때까지 공원 입구 이 집에서 떠나지 맙시다."

나는 더없이 행복했다. 드디어 우리 부모가 사랑의 뿌리를 내리는 법을 알게 되었다는 기쁨에 주르륵 눈물을 흘렸다. 그 수액이 두 사람의 손에 닿자 그들은 서로 두 손을 꼭 붙들었다. 그들의 입에서 아름다운 노랫소리가 흘러나왔다. 물론 내가 돌아오기를 고대하는 울먹임이었지만.

두 분은 마당 한 쪽의 흙을 깊이 파고 더욱 윤기를 발하는 나를 곧추세웠다. 그리고 나뭇가지를 붙들고 마주 서서 두 발로 자근자근 뿌리가 흙에 잘 묻히도록 밟아주었다. 누가 들을세라 작은 소리로 찬송가를 부르며.

이제 공원은 완전히 푸른빛으로 변했다. 나 또한 질세라 반짝반짝 윤이 나는 두꺼운 이파리들을 자랑스럽게 펼쳐보였다. 나는 전에 티티새에게 들은 호랑가

시나무의 꽃말을 떠올렸다. '당신을 지켜줄게요', '가정의 행복, 평화', '앞날을 준비하세요'

어디선지 고운 새 한 마리가 옆에 있는 높은 나뭇가지 위에 날아와 앉았다. 모처럼 명랑하고 유쾌한 노래를 들을 수 있었다. 그 아래 낮은 가지에서는 내 비밀을 영원히 간직한 채, 나와 함께 지낼 티티새가 부리와 꼬리를 위아래로 흔들며 박자를 맞추고 있었다.

PEN문학(2012년 5 · 6 월호)

댄스동아리 ODE

추리 소설

댄스 동아리 ODE

온 동네가 떠들썩했다. 한 달 전 행방불명이 되었던 소영일 찾았단다. 그것도 우리 마을 바로 옆에 있는 야생화 동산 언덕 밑에서 낙엽에 덮여진 채 변사체로 발견되었다. 시신은 조금 부패했으나, 죽은 지 일주일 정도로 추정된다는 것이다. 소영이 몸에는 몇 군데 멍든 자국이 있었고, 목에는 자신의 것으로 보이는 검정 스타킹이 칭칭 감겨져 있었다 한다.

*

소영인 중학교 1학년 때 서울에서 전학해 온 내 친구다. 아버지 사업이 부도나서 시골 큰집에서 당분간 살기로 했다지만, 그게 전부는 아닌 것 같았다. 소영이 아버진 지금도 서울에서 내로라하는 회사의 사장이라고 동네 사람들이 수군거렸다. 아마도 소영인 서울 학교에서 무언가 크게 잘못을 저지르고, 강제로 전학 온 게 틀림없다. 내가 그렇게 생각하는 것은 소영이는 우리보다 나이도 두 살이나 많고, 일상생활이 다른 친구들과는 많이 달랐기 때문이다. 화장도 어른들처럼 진하게 했고, 이따금씩 담배를 피우고 술도 잘 마셨다. 소영인 학교에 가기 싫으면 친구들에게 '나 오늘도 땡땡이다. 학교 끝나면 바로 약속 장소로 모여라.' 하며 결석을 아주 쉽게 했다. 그러나 댄스 동아리 모임에는 한 번도 빠진 적이 없었다.

일명 A여중학교 '소녀시대'라 일컫는 우리 댄스 동아리 ODE 멤버는 모두 열 명이었다. 네 명은 읍에 사는 친구들이고, 여섯 명은 나를 포함에서 읍에서 2km쯤 떨어져 있는 우리 동네 동화실 친구들이다. 오데 멤버들이 대거 우리 마을을 중심으로 조직된 것은 순전히 리더인 소영이 덕이다. 그래서 그 동안 힘깨나 쓰던 다혜도 소영이 앞에선 찍소리 못하고 시키는 대로 복종했다. 나와, 민지, 수정, 승희는 그저 힘있고, 입심 좋은 아이들과 어울리는 것만으로도 좋았다. 참, 내 이름은 이혜련이며, A여중 3학년 3반 반장이다.

우리는 주로 방과 후에 학교 동아리 교실에서 댄스 연습을 하였지만, 일주일에 한두 번은 H헬스클럽으로 갔다. 에어로빅 지도 교사가 없는 날을 택했다. 그래야 수강료를 내지 않고 헬스클럽 한쪽에 있는 에어로빅 강습실을 빌려 쓸 수 있기 때문이다. 그 곳은 우리들이 분위기를 살려가며 연습하는 장소로 안성맞춤이었다. 사방에 커다란 거울이 붙어 있고, 조명 시설도 있어 우리의 섹시한 몸매를 비추어 볼 수 있기 때문이다. 또한 그곳에서 매너 짱인 멋쟁이 박 트레이너를 만날 수 있어 더욱 좋았다.

우리는 박 트레이너를 헬스 오빠라고 불렀다. 헬스 오빠는 우리 삼촌이 운영하는 H헬스클럽의 종업원이다. 입사한 지 이제 겨우 석 달 정도 밖에 되지 않는다. 그는 체격이 좋고 인물도 영화배우 못지않게 잘 생겼다. 누구에게나 친절한 그는 몸매를 가꾸는 회원들을 위해 열심히 지도하기 때문에 평판이 좋았다. 그는 우리들에게도 관심이 많았다. 우리들이 연습하는 에어로빅 교실에도 종종 들렀다. 이따금씩 우리들에게 새로운 동작을 가르쳐 주었다. 춤도 춤이지만 항상 얼굴에 미소를 띠는 걸 잊지 말라고 조언도 해 주었다. 지도 교사도 없이 TV 화면을 보며 연예인들의 몸동작을 그대로 따라하는 우리에게 약간은 동정심 같은 걸 느꼈는지 모른다. 오빠는 항상 '요놈들, 귀엽기는, 그래 열심히 해라!' 하면서 우리를 격려해 주고, 가끔씩 과자와 음료수도 사 주었다.

헬스 오빠는 몇 년 전만 해도 대한민국 최고 몸짱을 뽑는 미스터 코리아에 출전했다고 들었다. 그는 특히 소영에게 관심이 많았다. 소영인 우리들 중에서도 중학생답지 않게 키가 컸고, 유달리 하얀 얼굴이 우윳빛으로 빛났다. 거기에다 긴 머리는 돌돌 감아서 머리 꼭대기에 동그랗게 말아 붙이고, 늘씬한 다리를 자랑이라도 하듯 교복 치마를 짧게 줄여 입고 다녔다. 춤 솜씨 또한 아마추어라 보기에는 너무나 뛰어나서 이웃 K고등학교 오빠들한테도 인기가 높았다.

그런데 소영인 종종 이해가 안 가는 행동을 했다. 우리가 댄스 연습을 하다가 잠깐씩 쉬는 틈에도 어디론가 사라지곤 했다. 한번은 내가 뒤따라가 보았다. 소영인 골프를 치러 온 어른들과 함께 있었다. 소영인 그곳에서도 어색하지 않게 잘 어울렸다. 한편 부러운 마음으로 내가 물었다.

"오늘 너랑 이야기한 그 아저씨는 누구야?"

"응, 전에 서울에서 영화감독을 하셨다는 분인데, 앞으로 날 연예인 오디션에 응모하도록 도와주겠단다. 그래서 내가 여기 헬스클럽에 와서 더 열심히 댄스 연습을 하는 것 아니냐?"

"언제부터 알았는데?"

"응, 우리가 춤추는 걸 지켜보다가 날 캐스팅하고 싶다는 생각을 했다지 뭐니? 우리 아버지하고도 잘 아는 사이래. 그리고 내가 동화실에 산다니까 그 사장님 농장도 우리 마을 건너편에 있다고 했어. 어릴 적에 그곳에서 살았다던가? 내가 잘 되면 너희들도 다 내가 서울로 끌어갈 거야. 어차피 우리들의 꿈은 연예인이 아니냐? Our Dream is Entertainer!"

"그래, 네가 지은 우리 동아리 이름도 그런 뜻이니까. 어쨌든 잘 되었으면 좋겠다. 축하해!"

나는 진심으로 소영이 잘 되길 빌어주고 싶었다. 그래서 그 사실을 나만 알고, 친구들에겐 비밀로 해 왔었다.

*

한 달 전, 추석 명절을 전후해서 우리는 일주일 이상 학교에 나가지 않아도 되었다. 명절이 주중 가운데에 끼어 있고, 앞 월요일과 뒤 금요일은 학교에서 재량 휴업일로 정했다. 거기에다 노는 토요일과 일요일까지 포함하면 우리들에게는 절호의 찬스였다.

충분히 놀고서도 2학기 중간고사 준비가 가능했기 때문이다. 특히 우리 댄스 동아리 친구들은 나름대로 스케줄이 매우 바빴다.

오데 멤버들은 연휴 기간에는 여느 때보다 자주 모였다. 우리들의 짱 소영이가 아무 때라도 핸드폰에 모이는 시간과 장소를 날려 보내면 우리들은 어김없이 시간을 맞추어 그곳으로 모였다.

그날 밤도 우리는 1차는 읍에 있는 헬스클럽 에어로빅 강습실에서, 2차는 노래방에 들러 실컷 노래하고 춤추며 댄스 연습을 하였다. 경쾌한 음악에 맞추어 현란한 몸짓으로 한바탕 춤을 추었다. 그리고 나면 학교와 가정에서 쌓인 스트레스는 금방 사라졌다. 우리들은 누가 시킨 것도 아닌데 다가오는 학교 축제 때 무대에 올릴 댄스 연습에 열을 올렸다. 해가 뉘엿뉘엿 저물어가는 데도 우리들은 다시 H헬스클럽의 에어로빅실에서 또 한바탕 댄스 연습을 하고 나왔다.

가을철이라 밤 일곱 시쯤이면 이미 해는 서산에 지고 주변이 어두웠다. 우리 동네는 자동차도 별로 다니지 않는 시골길이다. 좌측엔 논이 있고 우측엔 소나무들이 띄엄띄엄 서 있는 야산이다. 100m 정도의 거리를 두고 하나씩 세워져 있는 가로등은 불빛이 너무 희미해서 옆 사람 얼굴도 구별하기 힘들었다. 이따금씩 명절이라 도시에서 고향을 찾아오는 손님들의 차가 한두 대씩 지나다녔다. 그 길로 우리 댄스 동아리 오데 멤버들 중 우리 마을에 살고 있는 다섯 명 친구들이 집으로 돌아가고 있었다.

그날 밤 승희는 연습하러 나오지 않았다. 우리는

여느 때처럼 화재의 실마리를 헬스 오빠의 멋진 몸매와 근육으로 시작했다. 아이들은 헬스 오빠의 딱 벌어진 어깨와 가슴, 울퉁불퉁 튀어나온 팔뚝이며 다리 등 인기 배우보다도 매력적이라고 수다를 떨었다. 그때 소영인 댄스 동아리 리더답게 우리들더러 그만 떠들라고 따끔하게 혼내주었다. 아마도 그 자리에 승희가 있었더라면 상황이 바뀌어졌을지도 모른다.

*

왜냐하면 소영과 승희 사이에 그럴 만한 사연이 있기 때문이다. 그러니까 소영이가 행방불명이 되기 전, 일주일 전쯤의 일이다.

핸드폰에 문자 메시지가 날아왔다. '10월 10일 오후 4시, 야생화 공원 두 번째 벤치 앞. 걷은 돈은 100원도 빠뜨리지 말고 명단까지 적어 올 것.' 우리들은 소영의 명령에 따라 수단과 방법을 가리지 않고 돈을 모아 가지고 야생화공원에 모였다. 그런데 승희 혼자만 돈을 가져오지 않았다. 그날 소영인 승희의 뺨을 두 대나 세게 때렸다. 그리고 아이들 앞에서 무릎을 꿇게 했다. 우리들은 모두 겁이 나서 아무 말도 못하고, 그 모습을 지켜볼 수밖에 없었다. 소영인 앞으로 빈손으로 오는 아이들은 댄스동아리에서 빼버리겠다고 했다. 집에 돈이 없으면 1,2학년 후배들에게 빌려서라도 가져오라 했다. 수정인 이미 두 차례나 후배들에게 금품 갈취를 해서 소영에게 돈을 가져다주었다고 뽐냈다. 다른 아이들은 빈 교실을 털어서 가져오는 방법도 있다고 자랑스럽게 말했다.

그럴 때마다 소영인 우리들이 가져온 돈을 책가방 대신 가지고 다니는 가죽 핸드백에 아무렇지도 않게 집어넣고는 또 손을 내밀었다. 다혜는 기다렸다는 듯 담배 한 갑을 건네주었다. 사온 건지 훔쳐온 것인지 모를 일이다. 하기야 그런 건 우리들이 알 바 아니다. 우리들은 누구나 그 모임에서 왕따가 되지 않기 위해 노력했다. 처음엔 모두 캑캑거리며 담배를 못 피우겠다던 아이들도 벌써 여러 차례 어른들 몰래 담배를 피웠다.

그런 일이 있고 난 며칠 후였다. 아마도 소영이 행방불명이 되기 삼 일 전쯤의 일로 나는 기억하고 있다. 그날도 야생화공원에서 모이기로 한 것은 소영의 명령에 따른 것이다. 우리는 힘 약한 친구들이나 후배들에게서 걷은 돈과 함께 소영에게 줄 몇 가지 선물을 준비했다. 민지는 자기 어머니가 쓰려고 사놓은 화장품까지 몰래 가지고 왔다. 나는 삼촌이 서울에 갔다 오면서 사다준 MP3를 소영에게 빌려 주어야겠다고 생각했다. 소영이 언제 돌려줄지 모르면서 말이다.

그런데 아이들의 예상을 깨고 뒤늦게 승희가 K고등학교 오빠 두 명을 데리고 그곳에 나타났다. 오빠들은 승희를 데리고 나타나자마자 소영이를 찾았다. 소영이가 앞으로 나서자마자 승희의 사촌 오빠인 상훈이 소영이 뺨을 힘껏 후려쳤고, 그 옆에 서 있던 병수 오빠도 소영이 정강이를 발길로 세차게 차면서 그 자리에 꿇어앉혔다.

우리는 숨도 크게 쉴 수 없었다. 판도가 완전히 뒤바뀌어졌다. 그 동안 체구도 작고 말수가 없던 승희가 야산이 쩌렁쩌렁 울리게 소리쳤다.

"네가 뭔데 우리 동네에 나타나서 우리들을 못살게 구는 거야?. 댄스 그룹을 만들었으면 춤이나 출 것이지 왜 담배와 술을 권하는 거야? 서울에서 못되게 굴러다니다가 우리 학교로 전학 왔으면 얌전하게 있다가 떠날 것이지. 다시 한 번만 우리더러 돈을 걷어오라는 등 금품 갈취를 시키면 너는 쥐도 새도 모르게 사라질 줄 알아라!"

승희는 겁도 없이 소리를 버럭버럭 질러댔다. K고등학교 오빠들은 소영이 잘못했다고 싹싹 빌자 곧 그 자리에서 떠났지만, 우리들의 충격은 이만저만이 아니었다.

승희는 댄스 연습을 할 때마다 남들보다 동작을 한 박자씩 늦게 했다. 방향 감각이 없는지 오른쪽 왼쪽 구별을 못해 항상 반대로 돌아서는 바람에 친구들의 놀림감이 되었다. 팔다리도 뻣뻣하여 영 모양새가 없었다. 그런 승희가 어디에서 그런 용기가 났는지 우리들은 모두 눈이 휘둥그레졌다. 물론 소영이 고등학생 오빠들의 위력에 기가 죽어 있었던 것도 사실이지만, 승희의 작전은 성공했다. 처음엔 발악을 하며 덤벼들던 소영이가 어느 순간에 눈물을 흘리며 용서해달라고 빌었던 것이다.

우리들의 짱은 승희로 바뀌었다. 다만, 우리 댄스 동아리 ODE 리더는 그대로 두었다. 왜냐하면 승희가 아무리 용을 써봤자 댄스에 대한 열정은 소영일 따라갈 수 없었기 때문이다. 그 뒤부터 우리는 점차 승희의 말을 더 무서워했고, 소영인 스스로 말과 행동을 조심하면서 승희의 눈치를 살피곤 했다. 그 후, 우리는 대부분 담배를 끊었지만, 소영인 여전히 아무곳에서나 담배를 피우곤 했다. 이따금씩 학교에 빠지는 날은 어디에선가 술을 마시고 오는지 얼굴이 벌개져서 나타났다.

*

그런 일이 있던 후라서 그날 밤 연습에 나오지 않은 승희에 대해 우리는 더욱 궁금했다.

"내일도 학교에 안 가는 날이니까 오전 10시까지 에어로빅실로 모이는 거다. 알았지?"

친구이자 언니 같은 소영의 말에 반대를 할 사람은 아무도 없었다. 모두 고개를 끄덕였다. 가로등이 제법 환하게 비치는 읍을 벗어나 어두컴컴한 시골길로 막 접어들 때였다.

"얘들아, 잠깐만 기다려. 내가 너희들 동네까지 데려다 줄게. 연약한 여학생들끼리 이렇게 밤길을 걸으면 위험하다고."

텔레파시가 통했을까? 숨을 헐떡이며 달려와 등 뒤에서 보디가드 노릇을 해주겠다고 나선 사람은 바로 박 트레이너였다. 다혜와 민지는 노골적으로 반기는 기색을 하며 박 헬스 오빠의 양팔에 매달렸다.

"그래, 우리 아가씨들을 위해 오늘은 내가 동행을

해주려고.”

헬스 오빠는 다혜와 민지의 어깨를 감싸주면서도 시선은 소영이 쪽을 향했다.

나도 헬스 오빠에게 말을 붙일 겸, 삼촌네 헬스 클럽은 어떻게 하고 나왔느냐고 물었다. 오빠는 이번 연휴에 헬스장도 삼 일간 휴업을 한다고 했다. 그래서 오늘은 다른 때보다 헬스장 문을 일찍 닫았다고 했다. 소영인 우리들의 댄스 연습을 걱정했다. 내가 삼촌에게 말해서 헬스 클럽을 빌리겠다고 약속했다.

수정이도 애교를 떨며 트레이너 옆으로 다가섰지만, 박 트레이너는 소영일 향하여 이것저것 물었다.

‘네가 살던 곳은 어느 동네냐?’ ‘부모가 보고 싶지 않느냐?’, ‘서울엔 언제 올라갈 거냐?’, 헬스 오빠도 서울에서 살다 왔기 때문인지 서울 이야기를 많이 했다.

“안 가요. 가봤자 우리 엄만 친구들과 어울려 다닐 거고, 아빤 또 해외로 골프하러 나갈 게 분명한 일인데 뭐하러 서울에 가요?”

소영이가 숨김없이 하는 말에 우리들은 못 들은 체했다. 그리고 두 사람이 너무 다정해 보이자 우리는 약속이라도 한 듯 재빠른 걸음으로 그들을 앞질러 걸었다.

"그럼, 넌 아주 시골에서 살기로 하고 나온 거야? 내가 보기엔 넌 시골에서 살 사람으로 보이지 않는데?"

헬스 오빠는 진심으로 소영일 걱정해 주는 것 같았다.

우리들은 일부러 걸음걸이를 빨리하며, 화재를 돌렸다. 승희가 왜 오늘밤 나오지 않았을까를 놓고 각자의 생각을 주고받았다. 아마도 승희는 중간고사 준비를 하느라 나오지 않은 거라고 우리 모두는 생각했다. 동화실 동네에 도달하자 우리들은 서로 손을 흔들어 보이며 각자 집으로 돌아갔다.

*

다음 날 아침부터 소영이가 보이지 않았다. 행방불명이 된 것이다.

"그날 우리 소영이랑 함께 걷지 않았었니?"

"맞아, 그런데 우린 앞서서 걸었고, 소영인 헬스 오빠와 이야기하며 뒤따라 왔었는데?"

어쨌든 우리는 그 일로 인해서 파출소에 여러 번 불려갔다. 파출소장은 박 트레이너를 불러 취조했다. 이 순경은 우리들에게 여러 가지를 꼬치꼬치 캐어물었다. 특히 승희와 K고 오빠들 두 명은 더 자주 불려갔다. 우리가 소영이 행방불명되기 전에 승희와 있었던 일들을 모두 불었기 때문이다.

그렇지만 승희는 그날 밤 우리의 추측대로 중간고사 공부를 하느라 자신의 방에서 꼼짝도 하지 않았다고 했다. 수능을 앞두고 있는 K고등학교 오빠들 상훈이와 병수도 그 시간에 도서관에서 공부를 하고 있었단다. 용의선상에 올랐던 박 트레이너도 무혐의로 풀려나왔다. 소영의 부모와 큰집에서는 범인을 잡지 않아도 좋으니, 이 사건을 더 이상 노출시키지 말아달라고 부탁을 했다는 소문이 떠돌았다. 그래서인지 파출소장이 소영이가 없어진 것을 단순 가출로 보고 사건을 마무리하려던 차였는데 소영이 변사체가 발견된 것이다.

*

며칠 후, 엉뚱하게도 바짝 마른 트럭 운전사가 우리 마을 옆에 있는 산모퉁이 야생화공원으로 끌려왔다. 그는 읍에 있는 택배 회사에서 근무하는 허씨라고 했다. 그날 밤 추석 선물들을 배달하는 중에 소영일 어떻게 했다는 것이다.

나는 며칠 동안 머리가 아팠다. '그날 밤 우리가 소영일 뒤에 남겨둔 채 집으로 돌아오지만 않았어도 그런 일은 없었을 텐데'하는 생각 때문이다. 죄책감이 나를 괴롭혔다. '혹시나 헬스 오빠에게 성폭행이라도 당하지 않았을까?' 하는 내 의심이 빗나간 것은 오히려 다행이었다. 그런데 소영이 감쪽같이 사라졌다가 왜 요즈음에서야 변사체로 나타났을까?

그렇다면 파출소장이 끌고 온 트럭 운전사가 진짜

범인이란 말인가?

그것도 한 달 전의 일인데, 이제야 소영이 시신이 발견되었다는 것도 이해가 안 간다. 그럼 '소영이가 그동안 트럭 운전사에 의해 어디에선가 감금당해 있었을까?' 어눌해 보이는 트럭운전사가 왠지 불쌍해 보였다. 억울하게 누명을 쓴 것은 아닐까? 나는 책만 펼쳐 놓았지 공부는 아예 하나도 머리에 들어오지 않았다

'소영이 자살한 것일까?' 그럼 그냥 언덕에서 뛰어내려도 되는데 '왜 스타킹으로 목은 감았을까?' 며칠 전, 뉴스에서 시체를 부검한 결과 성폭행은 아닌 것 같다고 하지 않았는가? 그렇다면 누가 소영이 목을 스타킹으로 조였다는 것인지 이 또한 미스터리였다.

"너희들이 가져오는 그 부스러기 돈 같은 건 다 필요 없어. 내가 어른들에게 조금만 애교를 부리면 목돈이 팍팍 들어오는데. 너희들은 앞으로 승희 말이나 잘 따르도록 해. 난 일단 중학교 졸업장은 받아놔야

할 테니까 그때까지만 이 동네에서 머물 거야."

소영이 언젠가 나에게만 한 말이다. 무심히 흘려들었던 말이 새삼스럽게 떠올랐다.

서울에서 큰 회사의 사장인 아버지가 왜 용돈을 부쳐주지 않느냐고 내가 묻자, 소영인 자기 부모들은 법적으로만 부부일 뿐, 이미 갈라져서 각자 제멋대로 살고 있다고 대답했다. 자기 엄마는 세 번째 부인이란 말도 서슴없이 털어놓았다. 또 그들은 시골 사람들처럼 열심히 일하지 않아도 빌딩에서, 회사에서 불로소득으로 생기는 돈이 넘쳐난다고 자랑 아닌 비꼬는 말투로 내뱉기도 했었다.

"난 이미 우리 부모에게 신용을 잃을 만큼 잃었어. 아빠가 바람을 피우니까 엄마도 그렇고, 부모 사이가 그런데 내가 집엘 들어가고 싶겠니? 친구들하고 어울려 다니며 게임방과 노래방을 전전했고, 난 초등학교 때부터 담배를 배웠어. 중학교에서도 지긋지긋하게 말썽만 피우니까 날 이곳으로 쫓아낸 거야."

어쨌든 소영인 그래도 기가 죽지 않고 씩씩하고 당당했다. 그런 소영이가 어떻게 해서 그런 죽음을 맞게 되었는지 도무지 알 수 없는 일이다.

나는 할 수 없이 승희를 불러내었다.

"우리가 아는 소영인 절대로 그렇게 쉽게 죽을 친구는 아니야. 그러니까 자살은 아닐 거야. 그렇지 않니? 지금도 너 소영일 미워하는 거야?"

"아니야, 트럭 운전사가 잡힌 후에도 이 순경은 아직 나랑 오빠들을 의심하고 있어. 그렇지만 난 소영이가 불쌍하다는 생각이 들어서 가슴이 아파. 부모가 별거만 안 했어도 소영이가 이런 시골에 내려와서 그렇게 죽진 않았을 텐데."

"맞아, 소영이네 큰집에서도 그렇고, 소영이 부모도 내려왔었지만, 들리는 소문엔 오히려 혹을 하나 떼어 낸 것처럼 잘 되었다는 태도를 보였다지 뭐야."

"그런 부모가 어디 있니? 그러니 소영이가 그렇게 살았지."

승희는 나보다 더 흥분을 하며 소영이의 죽음을 안타까워했다.

"그런데 정말 트럭 운전사가 소영을 죽였을까?"

"글쎄 왜 스타킹으로 목을 졸려 죽였을까 말이다."

나와 승희는 이심전심으로 무언가 우리가 해야 할 일이 있다는 생각을 가지게 되었다.

"우리도 이 사건을 그냥 두고만 볼 수 없어. 다음엔 우리 중에서 누가 그런 일을 당할지 모르지 않니? 나도 이 순경한테서 누명을 벗으려면 빨리 확실한 범인이 잡혀야 할 텐데. 아무래도 헬스 오빠가 의심스러워."

승희는 박 트레이너의 행동이 자꾸만 수상쩍고, 그가 진실해 보이지 않는다고 말했다. 나도 겉으론 대답하지 않았지만, 헬스 오빠가 가장 유력한 용의자가 아닌가 싶은 생각을 떨치지 못했다. 그러면서도 헬스 오빠가 아니기를 바라는 내 마음은 또 무언지 모를 일이었다.

*

다음 날, 우리는 H헬스클럽에서 댄스 연습을 하며 박 트레이너를 유심히 관찰했다. 박 트레이너 역시 우리들이 연습하는 에어로빅 교실에는 더 이상 들르지 않았다.

승희와 나는 댄스 연습이 끝나자마자 읍에 사는 친구들과 다혜, 민지, 수정이를 먼저 집으로 보내고 헬스 오빠를 만났다.

“그날 밤 나는 소영의 춤추는 모습에 반해 버린 것 같아. 마치 TV에서 보는 기성 가수처럼 보였지. 물론 너희들도 다 같이 요즘 한참 뜨고 있는 소녀시대 그룹만큼이나 예뻐 보였어. 그래서 너희들이 가고 있는 곳으로 천천히 따라가다가 너희들을 불러 세운 거야. 소영이 서울에서 내려와 친척집에 살고 있다는 이야길 듣고 전부터 안 됐다는 생각을 했었지만.”

박 트레이너는 금방이라도 눈물을 보일 것처럼 눈시울이 붉게 변했다.

"정말로 오빠가 소영일 어떻게 한 건 아니지요?"

나는 헬스 오빠의 시원스러운 답을 기다리며 다시 한 번 다그쳐 물었다.

"그래, 소영이 너무 예쁘고 멋있어서 좀 껴안아 주고 싶긴 했어. 그렇지만 행동으로는 옮기진 않았지. 난 그날 밤 소영이가 큰집에 들어가기 싫다는 걸 간신히 달래서 집으로 들어가게 한 거야. 읍으로 오는 길에 트럭 한 대가 동화실로 가는 걸 보았지. 그 트럭 운전수가 지금 수감 중이지 않니?"

"그럼, 트럭 운전사가 소영일 죽이고, 성폭행 당한 것처럼 위장해서 야생화공원 언덕 밑에 버렸단 말인가요?"

"아직 확실하진 않아. 파출소에서는 이 사건을 길게 끌고 가지 않으려 하지만, 이 순경은 지금도 나를 미행하고 있어. 그는 트럭 운전사는 범인이 아니라고 말했어."

"네? 그런 말이 어디 있어요?"

박 트레이너도 승희도 모두 이 순경이 자신들을 의심하고 있다고 느끼고 있었다.

그런데 다음 날 또 TV뉴스에서 소영이 사건에 대한 보도가 있었다. 동화실 이양 사건의 유력한 용의자로 지목되었던 트럭 운전사가 증거 불충분으로 석방되었단다.

나와 승희는 그 사건에 대해 더 자세히 알기 위해 인터넷을 뒤졌다.

*

『10월 17일 밤 8시경, 택배 회사에 근무하는 운전사 허씨는 동화실에 물건을 배달해 주고 나오다가 마을 입구에서 손을 흔드는 이 양을 운전석 옆자리에 태웠다. 읍에 도착하여 이 양이 내릴 생각을 하지 않아 강제로 끌어내리려 하자 이 양은 소리치며 운전사가 자기에게 성폭행을 한 거라고 떼를 썼다. 그 과정에서 허씨가 이 양을 트럭에 있는 막대기로 몇 대 때렸다. 이 양은 폭력에 강간 미수 혐의로 허씨를 경찰서에 신고하겠다고 협박했다. 그리고 합의금을 요구했다. 결국 허씨는 택배 회사에서 돈을 가불하여 이 양에게 주었다. 그 뒤로 이 양은 행방불명이 되었다가 최근에 변사체로 나타났다.』

*

"그러면 트럭 운전사가 우리 마을에 와서 범행을 재연한 것은 뭐란 말이야?"

내가 투덜대자 승희는 아마도 트럭 운전사가 조금 모자라니까 죄를 뒤집어썼다가 회사에서 돈을 가불했다는 증거가 나오니까 풀어주었나 보다고 말했다. 그런 것 같았다.

"그렇다면 트럭 운전사한테 돈을 받아낸 소영이 그동안 어디에 있었단 말이니?"

"글쎄, 그것을 알아내기만 하면 될 것 같은데…."

*

다음 날, 승희와 나는 박 트레이너가 누군가에게 길게 전화를 하고 있는 것을 주시했다. 오늘은 토요일이라서 헬스클럽 문을 다른 때보다 일찍 닫는 날이다. 그런데도 헬스 오빠는 퇴근할 생각을 하지 않고 헬스클럽 사무실에 혼자 앉아 있었다. 나와 승희는 집에 가지 않았다. 헬스 오빠를 지켜보기로 했다. 얼마 후, 우리는 주변을 이리저리 살피며, 헬스클럽으로 들어오는 중년의 남자를 발견했다. 나와 승희는 얼른 탈의실 쪽 문 뒤로 붙어서 몸을 숨겼다.

박 트레이너 사무실은 헬스클럽의 에어로빅실과 탈의실 사이에 있는 복도 끝 구석진 방이다. 그 남자가 구석진 사무실로 들어갔다. 우리는 에어로빅실로 들어갔다. 헬스 오빠가 있는 사무실 쪽의 동정을 살폈다. 그들이 무슨 이야기를 나눌지 궁금해 하며 귀를 바짝 세웠다. 그런데 한참 동안 아무 소리도 들리지 않았다. 회원들이 모두 빠져나간 헬스클럽은 고요와 적막으로 뒤덮였다. 무섭도록 긴장감이 맴돌았다. 나는 공연한 짓을 하나 싶어 가슴이 죄어오는 듯하여 무서움에 떨었다.

이윽고 두 사람의 굵직한 남자 목소리가 우렁우렁 퍼져 나왔다. 그들은 우리가 자기네 방의 출입문을 살짝 밀어 틈새가 벌어지게 해놓은 걸 눈치 채지 못했다. 그리고 에어로빅실의 출입문을 약간 열어놓은 채, 우리가 숨어있는 것도 몰랐다. 두 사람의 목소리는 처음엔 조그맣게 들려서 무슨 이야기를 하는지 잘 들리지 않았다. 그런데 점점 두 사람의 목소리가 커지더니 굳이 귀를 바짝 세우지 않아도 될 만큼 큰 소리가 들려왔다.

"김 사장, 당신이 연예인을 만들어주겠다고 그 앨 꼬셔내는 걸 내가 여러 번 목격했단 말이요. 그러니 이쯤해서 털어놓읍시다."

"아니, 내가 그 앨 어떻게 했다는 거야? 그 아인 날더러 오빠! 오빠! 하며 오히려 성가시게 굴었단 말일세."

"그래서 그 가엾은 아일 당신네 농장에 딸린 농가로 데리고 가서 죽였단 말이오?"

"이 사람이 생사람 잡네. 난 그 아이에게 오히려 돈만 많이 써주었을 뿐이야. 버릇도 없고, 보고 배운 데 없는 아이가 오히려 나더러 돈을 내놓지 않으면 사회에 고발하겠다고 협박을 했어. 또 이 세상 살기 싫다고 자살하려는 걸 여러 차례 달래서 못 죽게 한 것도 다 나란 말이야."

"거짓말 하지 말아요. 내가 당신을 처음 만났을 때, 난 당신이 못된 습관을 가지고 있다는 걸 바로 알아차렸으니까. 우리 회원들 가운데에서도 당신의 그 가짜 명함 때문에 몇 사람들이 들떠 있었고."

나는 금방 헬스 오빠와 이야기를 나누는 사람이 누구인가를 알아차릴 수 있었다. 소영일 연예인으로 캐스팅하겠다던 그 아저씨가 분명했다.

"아, 그 요가 선생 말인가? 그 여잔 나보다 박 트레이너를 더 좋아하고 있더군. 하하하!"

"글쎄요. 그건 문제가 아니고. 어린 중학생을 데리고 다니는 당신에 대해 가장 분노한 사람은 당신의 부인 아닌가요? 부인이 읍에서 복집을 한다는 것도 난 다 알고 있어요. 당신이 가짜 명함이나 돌리고 다닐 때, 부인은 손이 불어터지게 복을 다루어 생활비를 대는 것도."

"그래, 헬스클럽 종업원이 남의 사생활까지 다 알아내고. 이거 명예 훼손죄로 고발해야겠구먼. 그건 그렇고. 나를 이곳에 불러내어 들려주겠다는 것이 무엇인지 본건만 말해 봐!"

"그날 당신과 부인이 소영이 죽은 곳에서 나눈 대화가 여기에 다 녹음되어 있단 말이오."

나와 승희는 약속이라도 한 것처럼 우리가 있던 에어로빅 실에서 빠져나와 그들의 방 앞에 섰다. 발작적으로 소리 지르는 김 사장의 목소리가 문틈 사이로 빠져나왔다.

"뭐라고? 이런 건방진 녀석이 있나. 이놈, 어디서 헛소릴 하는 거야?"

"이 엠피쓰리에 녹음된 자료를 가지고 당신 부부

를 고발하기 전에 스스로 경찰서에 가서 자수하시오. 그러면 죄가 조금이라도 삭감될지 모르니."

"네가 어디에서 우리 부부 이야길 녹취했다는 거야?"

"소영이 행방불명된 후에 나는 김 사장 당신의 자동차에 무선 위치 추적기를 설치해 두었지. 동화실 옆에 있는 당신의 농장을 추적하고 달려갔지만, 안타깝게도 내가 한 발 늦었어."

나는 가슴이 콩콩 뛰어서 더 이상 그들의 대화를 들을 수가 없었다. 승희와 나는 헬스클럽에서 뛰쳐나왔다.

"가서 경찰서에 신고해야 해. 이 순경을 부르자."

"아니야, 이 사건의 탐정은 박 트레이너야. 우린 나서지 말아야 해."

승희는 침착하게 나를 말렸다. 나는 이 사실을 어른들에게 알려야 할지 어쩔지 몰라 안절부절 마음을 걷잡을 수 없었다.

그런데, 갑자기 우리 앞을 가로막는 사람이 있었다. 이 순경이었다. 조금 전에 박 트레이너한테서 연락을 받고 왔다는 것이다.

이윽고, 우리는 이 순경이 손에 수갑을 채운 김 사장을 데리고 헬스클럽을 빠져나가는 것을 볼 수 있었다. 그 뒤에 헬스 오빠도 따라가고 있었다.

동화실 여학생 살인 사건, 범인은 복집 김사장 부부
— H헬스클럽 트레이너, 범행현장에서 부부의 대화 녹음된 자료 제시 —

*

다음 날, 신문에 빅뉴스로 보도되었다. TV에서도 뉴스 시간마다 소영이 사건을 보도했다.

이번 사건으로 승희는 우리들과는 달리 연예인의 꿈을 접고, 앞으로 여경찰이 되거나 탐정이 되고 싶다고 했다. 그리고는 집에서 가져온 스포츠 신문을 우리에게 보여 주었다. 우리들은 헬스클럽 에어로빅실 안에 동그랗게 모여 앉았다. 그리고 승희가 읽어 주는 신문 기사 내용에 귀를 기울였다.

*

『그동안 세상을 떠들썩하게 만들었던 동화실 여중생 살인 사건의 범인이 붙잡혔다. 동화실 옆 야생화 공원에서 변사체로 발견된 이 양을 살해한 범인은 읍에서 복집을 운영하고 있는 김 사장 부부다. A여중 3학년에 재학중이던 이 양은 중 1학년 때 서울에서 시골로 전학해 온 학생으로 평소 명랑한 성격에 끼가 많고, 연예인의 꿈을 키워왔다. 김 사장은 이 양이 속해 있는 댄스 동아리 ODE가 일주일에 한두 번씩 연습하러 오는 H헬스클럽에서 이 양을 알게 되었다.

모회사 연출 및 감독이라고 적혀 있는 가짜 명함을 가지고 다니는 김 사장은 이 양의 아버지와 잘 아는 사이이며, 이 양을 연예인으로 캐스팅해 주겠다고 꼬였다. 김 사장은 자신의 농장에 딸린 농가에 이 양을 숨겨놓고, 사기 행각을 벌이려 했다. 한 달 전에 트럭 운전사로부터 받은 합의금을 먼저 선약금으로 받아낸 김 사장은 이 양과 짜고, 서울의 이 양 아버지로부터 돈을 뜯어내려 했던 것이다.

그러나 농장으로 음식을 나르는 남편을 수상히 여긴 사람은 김 사장의 부인이었다. 부인은 김 사장이 가지고 갈 튀김 재료에 복 내장에서 나온 테트로도톡신을 섞어 놓았다. 이 독이 온몸에 퍼지면 전신이 마비되어 쓰러진다는 걸 부인은 알고 있었으며, 또한 이 독은 부검을 해도 감지되지 못한다는 점을 이용한 것이다. 김 사장은 전에도 가출한 학생들을 꼬여내어 인신매매를 한 적이 있는 전과자다.

이번에는 김 사장 부인의 오해와 질투심 때문에 생긴 일이다. 그들은 다 죽어가는 이 양을 농장에서 자살한 것처럼 본인의 스타킹을 벗겨 목을 조이고, 농가의 거실 서까래에 매달아 놓으려 했었다. 그러나 자기네 농장에서 시체가 발견되면 의심 받을 것이 분명하므로 시체를 야생화공원에 유기한 것이다.

그리고 성폭행 당한 것처럼 속옷을 벗겨 위장하고, 언덕 밑으로 떨어뜨려 낙엽으로 덮어놓았다. 그런데 기이한 일은 이들 김 사장 부부가 농장에서 다투는 대화 내용이 이 양이 가지고 있던 MP3에 모두 녹음되어 있었다는 것이다. 그것을 증거로 제시한 사람은 이 양이 행방불명 된 이후부터 계속 김 사장의 뒤를 쫓던 바로 H헬스클럽의 박 트레이너였다.』

*

승희는 여기까지 읽고 나서 힘없이 신문을 무릎에 떨어뜨렸다. 우리들은 모두 눈물을 글썽거렸다. 다혜는 흑흑 소리 내어 울기까지 했다.

"세상에 그런 악한 인간들이 어디 있니?"

우리는 너무도 분개하며 소리를 질렀다.

"그 김 사장이란 사람 부잣집 딸인 소영이 연예인이 되고 싶어 하는 걸 미끼로 해서 목돈을 한 몫 크게 챙기려 했던 게지?"

"어쩌면 소영인 죽는 날까지도 연예인이 되겠다는

부푼 꿈을 안고 MP3로 노래 연습을 계속하고 있었을 거야. 자신의 노래를 녹음하고 지우고 또 녹음하면서 말이야."

"마침 녹음기를 틀어놓은 상태에서 김 사장 부인이 들이닥친 거 아닐까?"

그러고 보니 승희가 하는 말이 또 정답인 것 같았다. 나는 그때 소영에게 빼앗기다시피 빌려주었던 MP3를 생각하며, 긴 한숨을 내쉬었다.

"그 나쁜 김 사장은 끝까지 자신은 소영일 죽이지 않았다고 우겼다지 뭐야. 그런데 우리의 탐정 헬스 오빠가 이렇게 말했다지 뭐냐? "

"응, 탐정 오빠?"

우리들은 모두 눈을 반짝거리며 승희의 다음 말을 기다렸다.

"당연히 살해범은 당신 부인이지요. 그렇지만 당신도 공범이며, 부인에게 살인을 하도록 직접적으로 원인을 제공한 사람이 아니냐?"

"결국 김 사장은 죄를 인정했고, 이 순경은 그동안 박 트레이너를 의심하고 미행한 것에 대해 미안하다며 용감한 시민상인지 무언지 감사장을 주기로 했다는 거야."

"참, 오늘 아침에 아버지가 신문을 보면서 하시는 말씀이, 파출소에서 헬스 오빠를 명예 경찰로 임명한다더라!"

"그럼, 그렇지. 우리 헬스, 아니, 탐정 오빠 너무 멋져!"

민지와 수정이, 다혜도 얼굴색을 바꾸며 박 트레이너에게 박수를 보냈다.

"경찰서와 우리에겐 트럭 운전사가 범인일 거라 해놓고, 제 3의 인물을 좇아 범인을 찾아낸 우리의 호프, 킹 스타, 탐정 오빠가 정말 자랑스럽지 않니? 무선 추적기까지 설치해 놓고 말이야"

승희는 흥분된 어조로 말을 이었다.

"그래, 나도 사람들이 헬스 오빠를 좋아하는 이유

를 알 것 같아. 결론은 말보다 행동으로 옮기는 탐정 오빠 때문에 그들이 잡힌 거야."

승희는 또 박 트레이너를 의심했던 자신을 나무라기라도 하는 것처럼 힘주어 말했다. 그러자 누군가 뒤에서 말을 받아 이었다.

"그래. 소영이가 나에게 보낸 메시지를 보고 좀더 빨리 달려갔어야 했는데. 차마 그런 일이 생길 줄을 예상 못했어. 그래도 MP3를 발견하고 가져온 게 다행이지. 그 녹음 자료가 없었더라면 소영의 죽음이 영영 미궁으로 빠졌을지도 몰라."

나는 오랜만에 박 트레이너의 얼굴에서 어두운 그림자가 사라지는 것을 느낄 수 있었다.

"너희들도 누가 연예인 시켜준다 해도 아무한테나 매달리면 안 된다. 알았지?"

"네, 오빠. 잘 알겠습니다. 우리 탐정 오빠 최고!"

우리는 너나없이 헬스 오빠를 둘러싸며 환호성을 올렸다.

"참, 너희 학교 축제가 삼 일 후라고 했지? 그때 나도 구경 갈 거다. 잘들 해야 한다."

"네, 오빠, 꼭 오셔야 해요."

우리는 합창이라도 하듯 큰 소리로 외쳤다.

"그래도 우리의 꿈은 연예인이랍니다. 우리 댄스 동아리 오데 파이팅!"

우리들은 또다시 경쾌한 음악에 맞추어 신나게 춤을 추기 시작하였다.

우리는 모든 걸 잊고 다시 댄스 연습을 해야 했다. 아홉 명이었다. 소영의 빈자리가 매우 크게 느껴졌다. 오늘부터는 할 수 없이 내가 댄스동아리 리더 역할을 담당해야 했다. 나는 우리 댄스 동아리 아이들 한 명 한 명을 떠올리며 앞으로는 소영이와 같은 일이 벌어지지 않기를 마음속으로 빌었다. 그리고 10년 후, 우리들의 꿈이 실현되어 정말 멋있는 연예인이 되어 있을 친구들을 상상해 보았다. 승희도 다른 때보다 훨씬 몸동작을 유연하게 하며 잘 따라왔다.

승희는 장차 훌륭한 경찰서장이 되어 있을 거라는 생각을 했다. 이번에 댄스 연습을 하면서 몇 달 사이 우리는 사회 경험을 제법 많이 한 것 같다. 또한 우리가 친구를 잃어 아파한 만큼 우리 자신이 훌쩍 성숙해진 듯한 기분도 버릴 수는 없었다.

아동문학세상(2023년 가을 제122호)

자유 비행의 꿈

옴니버스 소설

자유 비행의 꿈

모형 비행기 대회

상혁은 대문을 나서자마자 버릇처럼 하늘을 올려다보았다. 맑게 갠 하늘가에 흰 구름이 두둥실 한가롭게 떠있다. 기분이 상쾌하다. 해마다 이맘때면 학교에서는 과학의 날 행사가 펼쳐진다. 상혁은 어젯밤 늦게까지 정성껏 만든 모형비행기를 들고 집을 나섰다. 운이 좋으면 작년처럼 또 우승을 할지도 모른다. 상혁은 차도를 건너 청와대 앞을 지나 학교로 가는 골목길로 들어섰다. 돌담 옆에서 정복을 입고 서 있는 경비원들에게 인사를 하고 발걸음을 빨리 하여 걸었다.

"야, 이상혁, 함께 가자!"

뒤에서 정수가 불러 세웠다. 항상 웃는 얼굴로 다니기 때문에 스마일이라는 별명을 가진 같은 반 친구다. 정수는 첫인상은 좋지만 남학생치고는 말이 좀 많은 편이다. 아니나 다를까 정수는 상혁이 들고 있는 모형비행기를 보자마자 감탄사를 연발했다.

"와!, 그 모형기 멋있다. 네가 직접 만든 거지? 날개에도 색칠을 했니?"

"응, 신경을 조금 썼어."

상혁은 계면쩍게 웃으며 모형기를 살짝 옆으로 감추었다. 오늘은 전일제 과학의 날 행사로 과학 관련 글쓰기, 상상화, 포스터 그리기, 발명품 조립하기 등 다양한 활동이 전개된다.

학생들은 저마다 한 가지씩 선택하여 재주를 뽐낸다. 각 분야에서 가장 우수한 작품을 제출한 학생이나 최고 기록을 세운 학생들은 수행 평가 점수도 높게 받는다. 특히 모형비행기를 잘 날린 학생은 학교장상 뿐 아니라, 교육청 대회를 거쳐 공군참모총장배 대회에도 나갈 수 있다. 그래서 모형비행기 날리기가 학생들 사이에 인기가 높다. 고무 동력기, 글라이더, 물로켓 날리기 등 부문별로 참가할 수 있다.

"난, 처음엔 조립 상자 만들기를 할까 했는데, 워킹로봇 만들기 쪽으로 정했다."

정수는 알록달록한 그림이 그려진 네모 상자를 높이 들어 보였다.

"난 하늘을 나는 비행기가 좋아."

상혁은 혼잣말처럼 중얼거리며, 유난히 맑게 갠 하늘을 다시 한 번 올려다보았다.

학교 교문 앞에 이르렀을 때, 학생회장인 범상이가 승용차에서 내렸다. 운전석에서 내린 중년의 아저씨가 뒤 트렁크를 열고, 커다란 글라이더를 꺼내 주었다.

"범상이 파이팅! 오늘 일등은 맡아놓았지?"

범상인 들은 척도 안 하고 자기 키보다 큰 글라이더를 들고 바쁘게 운동장 쪽으로 걸어갔다. 그때 반대편 차도에서 달려온 서너 명의 아이들이 범상을 둘러싸고 함께 걸었다.

"야, 소문 들었니? 범상인 운전기사를 바꾸어가며 과외 공부를 한다지? 한 달은 영어 강사가 운전을 해주다가 다음 달은 수학 강사가 운전을 하고, 아마도 오늘 운전한 아저씨는 과학 강사일 거야."

정수의 말에 상혁은 피식 웃어 넘겼다. 하지만 어제 방과 후 저녁 늦게까지 학교 운동장에서 범상이가 글라이더 날리는 것을 도와주고 있던 그 아저씨가 틀림없다.

"범상이 할아버지는 우리나라 재벌 중 스무 번째 안에 든다지 뭐냐? 우리 아버진 청와대 경비원이라도 월급은 별로인데….”

“그건 그렇고. 이따가 내 비행기 날릴 때, 옆에서 도와줄 수 있지?”

“그야, 당근이지. 네 비행기 날리는 걸 보고 나서 내 작품을 만들어도 시간은 충분하니까.”

정수는 교실로 들어가고, 상혁은 운동장으로 곧장 걸어갔다. 범상이 역시 교실로 들어가지 않고 조회대 위로 올라가 글라이더를 펼쳤다. 친구들 여럿이 범상의 글라이더에 연결된 견인 줄을 잡고 도와주었다.

*

아직 이른 시간인데도 모형비행기 날리기 연습을 하기 위해 운동장으로 모여드는 아이들의 숫자가 제법 많았다. 범상이가 교실로 들어간 뒤, 상혁이는 글라이더를 이리 저리 살펴본 뒤 조회대로 올라가 날려 보았다. 신통치 않았다. 글라이더는 제대로 뜨지도 못하고 여러 차례 픽- 하고 땅에 떨어졌다. 다시 만져서 날렸다. 이번에도 뱅글뱅글 돌다가 땅바닥에 거꾸로 처박혀 버렸다. 모형비행기는 구입한 재료들로 조립도 잘 해야지만, 그날의 운도 많이 작용한다. 연습할 땐 잘 날아가던 비행기가 실제 대회 시간에는 제 뜻대로 날리지 않는 경우가 많다. 오늘 아침에는 어머니를 졸라 날개까지 다리미로 다렸는데, 상혁이는 갑자기 마음이 초조해졌다.

드디어 1교시 수업종이 울렸다. 학생들은 과학 선생님의 호루라기 소리에 맞추어 차례대로 모형 비행기를 날렸다. 모형비행기가 어디만큼 날아가서 떨어졌느냐에 따라 환호성을 지르기도 하고 맥이 쑥 빠져 힘없이 뒤로 물러서기도 했다.

대부분의 아이들은 규격에 맞는 모형기를 준비해 왔지만, 집에서 나름대로 만들어온 몸체가 큰 비행기도 있었다. 그러나 그것들은 10m도 못 나르고 좌우로 기우뚱거리다가 농구 골대 옆에 내동댕이쳐지곤 했다.

범상은 다른 학생들보다 더욱 고급스럽게 보이는

모형비행기를 들고 대기했다. 조회대 위에 올라선 범상인 어깨를 으쓱대면서 선생님의 호루라기 소리를 기다렸다. 그리고는 조회대에서 펄쩍 뛰어내리며 비행기를 높이 날렸다. 그 뒤에서 평소에 호위병처럼 따르는 아이들이 '와와!' 소리쳤다. 범상의 비행기는 이상한 소리까지 내며 하늘 높이 날아갔다.

"야, 신기하다, 진짜 비행기 같아!"

"정말, 멋지다. 회장 화이팅!"

며칠 전만 해도 범상이 만들어온 비행기는 그렇게 멀리 날아가지 못했다. 그런데 오늘은 마치 커다란 독수리가 하늘을 누비듯 둥둥 떠서 날아갔다.

"와와!"

"이야, 저것 봐라."

운동장에서 들리는 함성 소리에 교실에서 다른 활동을 하고 있던 학생들까지 모두 창문으로 고개를 내밀었다. 운동장에서 다른 파트에 참가한 학생들도 잠시 멈춰 서서 범상이 비행기가 날아가는 모습을 지켜보았다. 범상의 비행기는 이내 가속이 붙더니 어디로 날아갔는지 어느 새 학생들의 시야에서 사라지고 말았다.

다음은 상혁이 차례다. 봄바람이라 확실치는 않지만, 바람의 방향도 잘 파악해야 한다. 상혁은 대나무와 알루미늄 접촉 부분을 다시 한 번 살펴본 뒤, 과학 시간에 선생님이 설명해준 내용을 머릿속에 떠올려 보았다. 바람을 등지고 서서 45도 방향으로 비행기를 날리는 것이 가장 좋다고 했다. 옆에 있는 정수에게 견인줄을 잡고 따라오게 했다.

"잘해야 된다. 알았지?"

상혁은 조회대 위에 올라가 아이들에게 손을 한 번 내저은 뒤, 껑충 뛰어내렸다. 그리고 교문 쪽을 향하여 잽싸게 달리면서 모형비행기를 힘껏 날렸다. 뒤따라오던 정수도 거의 다 풀린 견인줄을 살짝 놓았다.

우우…. 학생들의 환호성이 학교 교정을 뒤흔들었

다. 상혁이 날린 모형비행기가 제법 널따란 운동장을 지나 학교에서 1km 정도 거리에 있는 청와대 쪽 하늘로 높이 날아가고 있었다. 파란 날개에 황금빛 태양이 그려져 있는 상혁의 모형기는 작은 새가 하늘을 날듯 아슬아슬하게 곡예를 하며 끝내 떨어지지 않고 멀리 날아갔다.

이윽고 상혁의 모형비행기도 보이지 않았다. 어쨌든 오늘의 모형비행기 날리기 대회에서 상혁과 범상이 최고 기록을 세웠다. 정수는 상혁의 어깨를 툭툭 치며 진심으로 축하를 해 주었다. 상혁은 자신이 마치 비행기가 되어 하늘을 나는 것처럼 기분이 좋았다. 정수와 어깨를 짜고 운동장 트랙을 한 바퀴 돌았다. 반대편에서는 범상을 둘러싼 아이들이 시끄럽게 떠들어대며 좋아했다. 아마도 오늘 오후에 범상인 가까운 친구들에게 한 턱 쏠 것이 분명하다고 상혁은 생각했다.

"이상혁!, 너도 네 글라이더에 재주를 부렸지?"

항상 범상이 옆에서 맴도는 민호가 소리쳤다. 상혁인 민호의 말에 신경 쓰지 않았다. 지금은 아무런 소리도 들리지 않는다. 해냈다는 기쁨으로 얼굴은 상기되고, 휘파람이 저절로 나왔다.

평소에 다른 공부는 별로 잘하지 못하지만 작년에 이어 이번에도 모형비행기 부문에서 우승을 했다. 상혁은 학교장상을 받았다. 또한 학교 대표로 서울시 항공기 날리기 대회에 참가할 수 있는 영광이 주어졌다. 그런데 혼자가 아니다. 학생회장 조범상과 나란히 공동 우승을 했기 때문이다.

청와대와 종로경찰서

비상이 걸렸다. 청와대 안에 긴장감이 돌았다. 경호원들은 제각기 위치에서 긴급 상황에 돌입했다. 오늘 아침 일찍 순시를 하던 경비원이 정체 모를 모형비행기 두 대를 발견했다는 것이다. 상황실로부터 보고를 받은 행정안전부장관 K씨는 다급하게 비서실장을 만났다.

"되도록 소리 없이 빠른 시간 내에 조사를 마치시오."

행정안전부장관은 이 사실이 밖으로 새어나가지 않게 조용히 조사할 것을 지시했다. 그리고 외곽 경비원들에게 더욱 근무에 신중을 기하도록 부탁했다. 왜냐하면 최근 들어 이상한 일이 몇 차례 일어났기 때문이다. 한 달 전에는 청와대 영빈관 앞에서 주워 온 인형이 문제를 일으켰다. 하얀 천으로 만든 인형인데, 양 갈래 머리를 땋아내린 것이 여간 정교한 것이 아니었다. 그리고 이상한 숫자가 적혀 있었지만 곧바로 사실이 밝혀졌다. 그 인형은 청와대를 견학하러 온 여학생이 떨어뜨린 것이었다. 인형에 적힌 숫자도 학생의 학년 반과 번호가 수놓아진 것으로 판명되어 문제는 금세 해결되었다.

또 다른 사건은 일주일 정도 지났을까? 다양한 관광 정보를 제공하는 청와대 사랑채 1층 하이 서울관 앞의 소동이었다. 이 건물 앞에 있는 소나무 위에 붓

글씨가 적혀 있는 화선지 한 장이 나풀거리며 걸려 있었다.

"신문고를 울리고 싶었지만 들여보내주지 않아 이렇게 대통령에게 하소연 합니다."라고 시작한 편지였다. 그것은 누군가 자신의 억울함을 적어서 나뭇 가지 위에 걸쳐 놓은 것으로 밝혀지고, 곧 수습이 되었다. 자신의 건물이 보금자리 주택에 따른 도시 개획으로 인해 철거되어야 할 상황에 처한 나이든 시민의 민원이었다. 청와대 대변인 측은 적절한 답변의 편지를 민원인에게 보내는 것으로 일단락 지었다.

그렇지만 이번 모형비행기 사건은 앞에서 다룬 사소한 문제와는 성질이 다르다. 청와대 안은 요즈음 국산 초음속 훈련기가 동남아 수출길이 열려 한껏 기분이 고조되어 있었다. 그런데 때를 맞추어 정체 모를 모형기가 나타났으니 예삿일은 아닌 것이다. 안전본부장 L씨는 쉬쉬하면서 조사에 들어갔다. 그러나 이 수수께끼를 어떻게 풀어 나가야 할지 막막했다. '어디에서 날아온 모형기일까?', '북한에서 내려온 공작원의 짓은 아닐까?', '전투 작전을 암시하는 것은 아닐까?' 비록 시중에서 판매하고 있는 일반 글라이더 모형일지라도 그냥 넘길 수는 없는 일이다. 청와대 뜰 안, 그것도 본관 잔디밭에 떨어진 것이기 때문이다. 여러 가지로 추측하고 상상을 해 보지만 뾰족한 수가 없다. 더욱이 몸체가 큰 모형기에는 이상한 동력기가 붙어 있었다. 일반 시중에서는 쉽게 구할 수 없는 부품이었다.

"예삿일이 아니야, 이 작은 모형기에 이런 동력 장치를 달 수 있는 것은 평범한 시민의 짓이 아니거든!"

그리고 또 하나 허술하게 생긴 모형기에는 이상한 번호까지 써 붙여 있었다. 40-SC114-☆☆☆이다. 도대체 이 숫자에 숨겨 있는 비밀은 무엇일까? 청와대는 겉으로는 잠잠했지만 내부적으로는 설왕설래 불안감과 긴장감이 맴돌았다. 초조해진 안전본부장은 전화로 종로 경찰서장을 찾았다.

"빠른 시일 내에 진상 파악을 해 주길 부탁드립니다."

*

종로경찰서도 비상이 걸렸다. 모형비행기의 정체를 조사하기 위한 임시 조사팀까지 조직했다. 다른 수사 의뢰와는 전혀 다른 케이스이기도 하지만, 청와대와 직접 관련된 일이기 때문에 더욱 엄격한 수사와 함께 한 치의 오류가 있어서도 안 될 일이었다.

사건 지휘를 맡은 이영식은 이제 40을 갓 넘긴 중년의 경찰관이다. 이곳 종로경찰서에 오기 전에 벌써 여러 파출소에서 근무를 하며, 그 재능과 민첩한 행동 때문에 표창도 여러 차례 받은 경찰계의 베테랑이다. 경찰대학을 우수한 성적으로 졸업했고, 그동안 시내 변두리에서 근무하다가 1년 전에 종로경찰서로 발탁되어 온 것이다.

그렇지만, 이영식은 아직 수사가 마무리 되지 않은 K그룹 공금 횡령 사건 때문에 머리가 아픈데 갑자기 청와대와 관련한 사안을 해결하라 하니 신경이 곤두설 수밖에 없었다.

아직 중학생인 손자한테 주식을 나눠놓고, 그것도 모자라 외국으로 고향으로 거액을 빼돌린 조 회장의 뒷조사도 쉽지 않은데 걸핏하면 달려드는 기자들은 더욱 귀찮은 존재들이다.

“박 순경은 차를 대기하고, 지령실은 파출소장들에게 은밀히 연락할 것!”

이영식은 즉시 현장으로 출동했다. 경찰관들은 자신의 긴급 배치 위치와 상부의 지시에 따라 일사천리로 움직였다. 이영식은 박 순경에게 일단 모형기 두 대를 경찰서로 가져오게 했다. 다른 사안 같으면 끈기로 승부를 보겠지만, 이 사건은 빠른 시간 내에 결과를 보고해야 한다.

국립과학수사연구소도 종로경찰서에서 확보한 관련 자료들을 넘겨받았다. 그리고 예사롭지 않게 만들어진 모형기에 붙어있는 부속품의 출처를 알아내기 위해 각가지 방법을 동원했다. 그러나 일주일이 지나도록 별 진전이 없었다. 또한 화려하게 색칠은 되어 있지만 특별할 게 없는 모형기에 대해서는 적혀 있는 숫자와 기호를 풀기 위해 암호 해독실에 사건을 의뢰했다. 그들도 바쁘게 움직이며, 모형기에 찍힌 지문 등을 채취해 가고, 비행기에 적혀 있는 숫자와 기호를 적어갔다. 하지만 지문 검색 결과는 실패했다. 해당 지문과 일치하는 지문이 나타나지 않았기 때문이다. 최근에 1,2차 자격시험을 거쳐 디지털 과학 전문 수사관으로 채용된 박용희도 밤낮으로 고민을 하며 문제 해결에 신경을 곤두세웠다. 그는 청와대에서 가져온 모형비행기를 A형과 B형으로 나누어 놓고 조사에 들어갔다. A형 비행기는 비행기 제조업체의 기술자 및 연구원까지 불러들였다. 그 결과 이 비행기는 확실히 일반 모형기와는 다르다는 결론을 내렸다. 또한 아무리 살펴보아도 시중에서 판매하고 있는 모형비행기와 별다를 게 없는 B형 모형기에 대해서도 긴장을 늦추지 않았다. 암호 해독실에서는 B형 비행기에 대하여 최근 정부에서 도입해 오려는 캠코더와 관련하여 의심스런운 점을 몇 가지 그럴듯하게 지적하였다. 하지만 그것을 액면 그대로 받아들일 수는 없었다. 박용희의 말을 듣고 있던 이영식은 고개를 좌우로 흔들었다. 어쨌든 모든 것을 종합하여 곧 결론을 내려한다. 그렇지만 쉽사리 상부 기관에 보고를 할 수는 없었다.

긴급 뉴스

모형비행기의 비밀번호는 풀리지 않은 수수께끼로 하루하루가 답답하게 지나가고 있었다. 급기야는 누구의 입을 통해서 새어나왔는지 청와대와 관련한 괴소문이 떠돌았다. 청와대 안에 이상한 비행물체(UFO)가 떨어졌다는 것이다. 그런가 하면 북한기가 청와대 뒷산 헬리콥터장에 내려앉았다는 소문도 돌았다.

청와대에서 그토록 비밀로 하라던 모형비행기 사

건이 KBS 저녁 뉴스에서도 보도되었다. 뉴스를 맡은 앵커는 긴장된 목소리로 소식을 전하면서 최근에 일어난 천안함 사건과 연평도 폭격 사건까지 거론했다. 북한 사람들의 소행일지 모른다는 뉘앙스를 풍기고 있었다. 또한 인도네시아에 수출할 훈련기 기획 프로젝터와 관련한 소문도 조심스럽게 퍼져나가고 있었다.

이영식은 뉴스를 보면서 깜짝 놀랐다. 분명 이 사건에 대하여 상부 기관이 가만히 있을 리 없기 때문이다. 자신에게 책임을 물을 것은 분명하다. 뜬눈으로 밤을 새웠다. 예상대로 이영식은 긴급히 출두하라는 전화를 받고 아침 일찍 경찰서로 달려갔다. 아닌게 아니라 경찰서 입구에는 벌써부터 기자들이 십여 명이나 기다리고 있었다.

"청와대에 내려앉은 비행 물체에 대해서 자세히 알고 계시죠? 간단하게 한 말씀 해 주세요."

"언제였습니까? 이 경위님이 이 사건을 직접 지휘

하셨다는 게 맞습니까? 비행기의 정체가 확실히 밝혀진 건가요?"

"아니요. 비행기가 아니라 모형비행기에요. 장난감 비행기!"

이영식은 경쟁이라도 하듯 마이크를 서로 코앞에 들이대는 기자들을 물리치느라 진땀을 뺐다. 이쪽 저쪽에서 틀어잡는 기자들을 간신히 뿌리치고 경찰서 안으로 들어온 이영식이 자기 자리로 가 앉으려할 때였다.

"아니, 좀 서둘러서 조사를 해달라 했는데 뉴스에서까지 보도되었으니 무슨 일을 그렇게 처리하는 거요?"

서 경감이 기다렸다는 듯 소리를 버럭 질렀다.

"죄송합니다. 하지만 지금껏 우리는 어떠한 사건이든 간에 속전속결로 처리하는 바람에 나중에 중대한 문제가 생기고, 사건의 본질이 왜곡되는 경우가 비일비재하지 않습니까? 이번 사건도 예외가 아니라서. 좀 더 신중하게 다루어야 할 것 같아."

"그래도 할 말이 있습니까? 우리 모두 사유서를 써야 할 입장인데 무슨 말이 그리 많아요."

서 경감은 이영식의 말을 중도에 끊으며, 어쨌든 오늘 중으로 사건 처리를 완료해서 청와대로 보고하도록 민첩하게 행동하라고 지시했다. 이영식은 둔기로 한 대 세게 얻어맞은 것처럼 머리가 핑 돌았다. 종로경찰서 안의 공동 문제인데 속수무책 구경만 하고 있던 서 경감이 마치 이영식이 이번 일로 무능함이 드러나기라도 한 듯 비꼬며 말했다.

"어쩌다가 이 사실이 밖으로 흘러나갔느냐 이 말이오. 이런 중대한 사건을 잘 해결해야 경감으로 승진도 할 수 있는 것 아니요?"

서 경감은 이영식을 향하여 다시 비아냥거리듯 말을 던져놓고는 자리를 피했다.

이번 사건은 말 그대로 속사포로 전개되고 언론에 시시각각 보도되어 어떻게 막을 길이 없었다. 헛소문은 꼬리에 꼬리를 물고 떠돌기 마련이다. 이영식은 자신의 입장이나 주장을 들어보지도 않고, 묵살해 버리는 서 경감에게 더 이상 하고 싶은 말이 없었다.

*

더 큰 뉴스가 터졌다. 조간신문마다 대서특필로 다룬 사건은 모형비행기는 아무것도 아니었다.

「청운동 K그룹 회장 집에 복면강도 침입」

어제 새벽에 K그룹 회장 집에 강도가 들었다는 것이다. 칼라 글씨로 커다랗게 적힌 기사 제목은 이영식을 깜짝 놀라게 했다. 그렇지 않아도 요사이 K그룹 공금 횡령 사건 때문에 특검 수사대와 긴밀하게 연락을 취하고 있는데 설상가상으로 또 한 가지 범행 사건이 추가된 것이다. 그것도 청와대에서 그리 멀지 않은 곳에 자리한 조 회장 집에서 말이다.

K그룹 공금 횡령 사건과 관련한 소문은 벌써 한 달이 넘어가고 있다. 여러 차례 매스컴을 통해 보도되었기 때문에 대부분의 국민들은 다 알고 있는 사실

이다. 하지만, K그룹 사내의 비리로 취급되어서인지 심심찮게 뉴스로 보도될 뿐, 조금은 시들해지고 있던 차였다. 그런데 또 조 회장 집에 복면강도가 침입했으니 설상가상이었다.

복면강도는 치밀하게도 조 회장의 대문 옆에 설치되어 있는 방범대원의 근무초소 옆 담장을 넘은 것으로 추정되었다. 언제 그랬는지 골목의 CCTV 카메라도 모두 작동이 멈춰 있었다. 연결된 선을 미리 잘라놓았다. 그런가하면 조 회장의 침대 머리맡에 설치되어 있는 긴급 출동 자동 초인종 장치마저 고장이 났다. 강도들은 여간 치밀한 계획으로 움직인 게 아니었다.

이영식은 일단 모든 사건들을 뒤로 미루고 조 회장 집을 수사했다. 강도들이 서재에 들어가 이것저것 뒤진 흔적이 눈에 띄었다. 그런데 회장댁의 금고와 값이 나갈 만한 물건들이 그대로 보존되어 있다는 것이 주목할 만한 일이었다.

"몇 사람이나 들어왔지요?"

"침실에는 복면을 한 사내 두 명이 들어왔지만 거실 쪽에서 수군거리는 소리가 들렸으니까 적어도 네 명 이상일 것이오."

"어디 다친 데는 없으셨는지요?"

"우리 부부를 침대 위에서 꼼짝 못하게 묶어놓고, 점잖게만 있으면 목숨엔 지장이 없을 거라고 하더군요."

이영식이 서울중앙지검 첨단범죄수사 2부와 사방으로 수사를 전개하는 동안 드디어 알아낸 것이 하나 있었다. 그것은 강도가 조 회장 집을 습격하기 전날 밤, K그룹 임원 회의가 비밀리에 조 회장 서재에서 열렸다는 것이다. 거기에 착안을 둔 이영식은 강도가 노린 것이 무엇인지를 알아냈다. 그것은 또 적중했다. K그룹은 작은 규모지만 MBK라는 헬리콥터 제조 회사도 하나 경영하고 있었다. 그런데 최근에 고급 두뇌의 연구진들을 픽업하여 비행기 제조업에 박차를 가하고 있다는 정보를 이영식이 얻어낸 것이다. K그룹 임원회가 왜 회장 사가에서 열렸으며, 어떤 안건을 놓고 회의를 했는지는 아직은 알 수가 없다. 하지만 이영식은 육감으로 이번 초음속 훈련기(T-50) 인도네시아 수출 건과 밀접한 관련이 있을 것 같다는 느낌을 받았다. 아니면 오스트리아제 캠코더 도입에 따른 무인정찰기 제조에 관한 의견도 오갔을지 모른다. 또한 강도는 한 명의 소행은 아닌 것 같았다. 그들이 훔쳐간 것은 서재 안의 컴퓨터 하드와 녹음된 자료들이었다. 단서가 잡혔으니 그 강도들을 붙드는 것은 시간문제다. 이영식은 휴우! 긴 한숨을 내쉬었다. 그리고는 청와대에 떨어진 모형비행기와 이 사건과는 관련은 없는지 또 머리가 어지러웠다.

자유비행의 꿈

이른 아침부터 교실 분위기가 심상치 않았다. 아이들이 교실 안팎 군데군데 모여 소곤거리고 있었다.

상혁은 정수가 있는 자리로 갔다.

"무슨 일이 있는 거니?"

"넌 오늘 아침 뉴스도 못 들었니?"

"어제도 오늘도 글라이더하고 한 바탕씩 씨름하느라고."

상혁은 정수의 핀잔에 슬쩍 웃어넘기면서 대답했다.

"아, 글쎄, 범상이네 할아버지, 너도 알지? K그룹 회장님 말이야. 그 집에 복면강도가 들어왔다는 거야. 빅뉴스! 범상 도련님은 개인 헬리콥터도 있단다. 전쟁이 나면 휘익 날아서 다른 나라로 도망칠 수 있는 잠자리비행기 말이다. MBK항공회사도 K그룹 재단이라지 뭐냐?

"와, 대단하다!"

상혁은 처음으로 범상을 부러워했다. 친구들이 그토록 범상에 대하여 말을 많이 해도 상혁은 별로 관심이 없었다. 그런데 이번만은 달랐다. 범상이 아버지가 비행기 회사까지 경영한다는 말에는 한참 동안 눈이 휘둥그레졌다.

정수는 평소보다 더욱 더 여학생들 못지않게 수다를 떨었다. 그리고 조금은 흥분한 말투로 신나게 떠들어댔다.

정수는 또 어젯밤에 가족들과 함께 TV 뉴스를 보면서 청와대 안으로 날아온 모형비행기 이야기도 화재가 되었다고 했다. 지난번 모형비행기 사건은 이번 K그룹 사건 때문에 잠잠해지겠다는 아버지 말끝에, 정수는 자기 친구들이 날린 모형비행기가 청와대 쪽으로 날아갔다고 말했다는 것이다.

상혁은 학교대회에서 우승을 한 후, 이 주일 사이에 승승장구 K교육청 대표로 출전하여 등위 안에 들었다. 연이어서 서울공항 동편 활주로에서 실시된 서울대회에서도 금상을 받았다. 이제 공군참모총장배 본선대회만 남았다. 하지만 학생회장인 조범상은 서울시 대회에서 모형기 규격 위반으로 탈락하고 말았다.

*

상혁은 교무실에서 과학 선생님을 만났다.

"상혁아, 이번에 공군참모총장상을 꼭 받아와야 한다. 준비 잘 하고 있지? 아버지에게 좀 도와달라고 하고, 기왕이면 재료를 좀 비싼 것으로 사야 튼튼하게 만들 수 있어. 알겠지?"

"네, 그렇지만 우리 아버진 항상 바쁘셔서 저 혼자 해도 잘 할 수 있어요."

상혁은 본선대회에 나가기 위해 요즈음도 저녁 늦게까지 마을 뒷산 북한산 자락에서 비행기 날리기 연습을 해왔다.

그런데 교감 선생님이 과학 선생님을 급하게 불렀다. 조금 전에 우리 학교 학부모이면서 청와대 경비원이라고 신원을 밝힌 사람이 전화를 걸어왔다고 했다.

"청와대에서 확인할 것이 있다는군요. 우리 학교에서 모형기 날리기 대회를 한 적이 있느냐고. 그렇다니까 그럼 청와대 쪽으로 날아간 글라이더가 있었는지 알아보라는 거요."

"네, 그날 청와대 쪽으로 본교 학생의 비행기가 두 대가 멀리 날아갔으니까 그곳으로 떨어졌을 가능성이 높지요."

과학 선생님은 이어서 말했다.

"모형비행기는 처음엔 견인줄이 슬슬 풀리면서 공중에 날아오르지만 높은 곳에서 기류를 타면 하늘에서 30분 이상도 나를 수 있어요. 그러니까 청와대 안으로 떨어진 것이 뭐 대단한 일은 아니지요."

학교가 청와대 옆에 있으니까 여러 가지 제약도 많이 받는다. 지난번 교내 체육대회 때는 학생들 고함소리가 그곳까지 들린다고 전화가 왔었다. 학생들 동아리 밴드반과 풍물놀이반 활동은 아예 외부 시설을 빌려 별도로 연습하는 처지다.

"하여튼 이젠 과학의 날 행사도 마음대로 못하겠군. 자기네들은 이따금씩 말도 없이 우리 학교 안으로 들어와서 이것저것 점검을 하면서…."

교감 선생님은 통명스럽게 말하면서 교장실을 향하여 걸어갔다.

과학 선생님은 상혁일 다시 부르고, 범상이도 불렀다.

“지난번 학교대회에서 날린 모형비행기 때문인데, 솔직하게 말해야 한다.”

“네, 그런데 제가 뭘 잘못했나요?”

상혁인 의아한 얼굴로 물었고, 범상의 얼굴은 약간 상기된 채 고개를 숙였다.

“아니, 지난주에 시끄럽게 떠들어대던 UFO 어쩌고저쩌고 한 소문 말이다. 그게 너희들이 날린 글라이더를 두고 그랬다지 뭐니? 범상인 네 모형기에 이상한 동력부품을 달았다는 게 맞는 거야? 그래서 서울시 대회에서도 탈락된 거고?"

“네, 맞아요. 죄송합니다. 어른들 도움을 좀 받았습니다.”

범상인 죄인처럼 말끝을 흐렸다. 상혁은 범상이

가 이처럼 겸손하게 고개를 숙이는 걸 처음 보았다.

"상혁인 모형기에 무슨 암호를 적었었니?"

"네. 별거 아니에요. 40-SC114-☆☆☆, 올해에 열리는 공군참모총장배 전국 대회가 제40회 "Space Challenge 2018"이거든요. 그래서 숫자40과 스페이스 찰린지의 앞머리 대문자 SC를 따서 적었어요. 우리 학교도 Seoul시의 C중학교이니까요. 끝에 114는 하늘에도 전화국이 있다면 내 비행기 안내를 잘 부탁한다는 뜻에서 써넣었어요."

"듣고 보니, 그럴 법하구나. 네 말대로라면 그 번호에는 여러 가지 뜻이 담겨 있네. 하하하하."

과학 선생님의 말에 상혁은 한 수 더 떠서 말했다.

"끝에 별 세 개를 그려 넣은 것은요. 앞으로 공군 장성이나 파일럿이 되어 하늘을 자유롭게 훨훨 날고 싶은 제 꿈을 담은 거라고나 할까요?"

상혁은 싱글벙글 거리며 아무렇지 않게 대답하였다.

과학 선생님은 교감 선생님의 지시에 따라 청와대

와 종로경찰서에 공문을 보냈다. 교내 과학의 달 행사의 일환으로 실시한 모형비행기 날리기 대회에 의하여 본의 아니게 물의를 일으킨 점에 대하여 양해를 구한다는 내용이었다. 그리고 첨부 파일에는 조범상이 날린 비행기와 이상혁이 날린 비행기의 특징에 대해서도 자세히 적어 보냈다.

*

종로경찰서 이영식은 공문을 받자마자 학교로 달려갔다.

"그런데 특이한 동력 부품이 붙어 있는 것도 이 학교 학생의 것이 맞습니까?"

"그날 저희는 그것까지는 체크하지 못했습니다만, 우리 학교 학생회장 조범상의 모형기가 서울시 대회에서 규격 위반으로 탈락되긴 했습니다."

"혹시 조범상이 K그룹 손자가 맞습니까? MBK 항공사 사장 조윤호 씨의 아들?"

이영식은 그 사실을 청와대 상황실로 긴급하게 보

고했다. 드디어 사건의 실마리가 풀릴 것 같은 예감에 '흠, 흠!'하고 콧소리까지 냈다.

다음 날, 각종 언론 매체에서는 의문의 모형비행기와 이모 학생의 이야기가 크고 작은 기사로 보도되었다. 마치 상혁이 문제학생인 것처럼 비쳐지고 있었다. 범상이 날린 비행기에 대해서는 한마디도 언급이 되지 않았다. 이영식은 엄청나게 큰 사건인 것처럼 언론 보도를 한 기자들에게 하고 싶은 말이 참 많았지만 꾹 참았다.

청와대에 비행 물체(UFO)가 떨어졌다. 인도네시아로 수출할 훈련기와 관련된다. 북한에서 보내온 전투기 모형이다. 잡다한 소문과 함께 급물살을 타고 떠돌던 뉴스가 일개 중학생의 모형비행기로 밝혀진 것에 대한 허무감 때문인지 신문마다 웃을 수밖에 없는 에피소드로 취급하고 있었다.

*

공군참모총장배 본선대회가 있는 날이다. 상혁은

부모님과 함께 인천 공항으로 갔다. 그동안 직장일로 눈코 뜰 새 없다던 아버지도 마침 주말이라서 참석할 수 있었다. 그곳에는 초등학생부터 중학생, 고등학생, 어른들까지 분야에 따라 다른 종목으로 모형기 날리기에 출전했다. 저마다 하늘을 나는 꿈에 부풀어서인지 대부분 밝은 표정이었다. 상혁은 어젯밤 날을 꼬박 새우며 만든 모형비행기를 들고 해당 줄에 섰다.

가족이 보는 앞에서 자신이 하고 싶은 미래의 꿈을 펼쳐보이는 것은 여간 즐거운 일이 아니었다. 모인 사람들은 이제 경쟁자라는 생각은 하지 않는 듯했다. 누구의 모형비행기가 더 멀리, 더 높게, 더 멋지게 오래 나는지를 지켜볼 뿐이다. 그들은 모형비행기가 나를 때마다 환호와 함성으로 격려하고 기쁨을 서로 나누었다. 특히 바람을 타고 높이 올라가거나 아슬아슬 떨어질 듯하다가 떨어지지 않고 다시 하늘로 비행하는 모습을 연출하는 모형비행기를 바라보며 대회의 재미를 만끽하는 것이다.

상혁은 자기가 만든 모형비행기가 하늘 저 멀리 날아가는 모습을 지켜보면서 '아, 멋지다!'라고 소리쳤다. 양 볼을 따갑게 쪼여주는 햇살일랑 아랑곳없이 상혁의 눈길은 모형비행기를 계속 쫓아갔다. 어른이 되면 하늘을 근사하게 누비겠다는 벅찬 희망이 하얀 뭉게구름 사이로 피어나고 있었다.

소년문학(2018년 10월-12월호)

상생으뜸작품 100인선 09

라인강의 푸른 날개

초판 1쇄 인쇄 2023년 9월 3일
초판 1쇄 발행 2023년 9월 5일

지은이 최균희
발행인 서정환
펴낸곳 신아출판사
주소 서울시 종로구 삼일대로 32길 36(익선동 30-6 운현신화타워 빌딩) 305호
전화 (02) 3675-3885 · (063) 275-4000
팩스 (063) 274-3131
이메일 sina321@hanmail.net essay321@hanmail.net
출판등록 제465-1984-000004호
인쇄·제본 신아문예사

ISBN 979-11-93055-78-6 (04810)
ISBN 979-11-93055-53-3 (세트)

값 16,000원

* 본 작품집은 남촌상생협동조합 출범기념 일부 출판지원금으로 제작되었습니다.